UN256322

明日 泣きなさい2

三つ多く生きなさい

小池ともみ

JDC

わたし　高校生のころ　「ラッキー」って
ニックネームでした
今もわたしを　「ラッキー」と呼んでくれる
同級生がいます
「ラッキー」

でもわたし　少しもラッキーではありませんでした
ある日から――

はじめにかえて

愛しい夫　脩さん
愛しい我が子　睦巳
ああ　愛しい我が子　裕

さだめに負けて　ひきさかれた
わたしたち
闇を生きて　切なく生きてきた母
手をひいてほしい母

睦巳　裕　許してね

二〇一六年七月一日、わたしは一冊の本を世に出しました。〝明日　泣きなさい〟。

この本が本屋さんに届くと、何人ものお読みいただいた方からお手紙やお電話で、励ましの言葉と、そして、その後どうなりましたか、とか、ハッピーエンドにしてくださいとかの言葉もちょうだいしました。

ありがとうございます。

わたしはしばらく考えました。そして、ありがとうの思いで、もう一冊、書くことにしました。

事件については、〝明日　泣きなさい〟に書かせていただいたようなことが、かわらず起きていますが、今回はわたしの思いを中心に、みなさまにお伝えしようと、筆をとりました。

実はわたし、今になっても〝明日　泣きなさい〟の母の言葉は、とても厳しく、胸が痛くなるのです。

三つ多く生きなさい／目次

石の青年

愛の結晶

――この本を書くに至るまでのことども

「明日　泣きなさい」より

悲しい人々──部落の子どもたち

わたしの父は教師でした。

父の勤める小学校に入学したわたしは、級友たちにこう言われ、いじめられたものです。

「スズキはセンコの子なんで、問題全部教えてもらったんだ。だから百点なんだ」

それからは、〝センコ〟〝センコ〟と呼ばれ、スカートをめくられたり、パンツの中に砂を入れられたり、いじめられたものでした。

泣きながら家に帰る、挙句、わたしは登校拒否。

そのいじめっ子たちの中には、部落と呼ばれる地域の子どもたちが多かったのです。

鈴木家は、その子どもたちのいじめから逃れるために、満洲に渡ることになりました。

その小学校の校長先生の娘さん、清子さんもわたしと同じように、

「センコ、センコ」

と言われ、いじめにあっていましたが、清子さんのお父さんは校長先生でしたから、すぐに職を辞することもできなかったのです。ですから、わたしたちが満洲に行ったあとも清子さんは、その子どもたちから嫌がらせを受けていたのです。それは……。

小学校一年生の女の子の小さな大切なところへ砂をいっぱい詰め込んで、

「大人はな、こうやってするんだ」

と、小さなおちんちんを入れたそうです。

清子ちゃんは、納屋で叫んだけれども・・・・。舌を噛み切って亡くなったと、知人の便りで知りました。

その後、校長先生も、部落の中でも非人道的な人たちと戦ったそうですが、集団でガードが固く何ともできず、耐え切れずに、海に飛び込まれたそうです・・・・。

わたしの大切な息子、裕がはまり込んだ世界を考えるたびに、そのころの部落の子どもたちのことが思い浮かぶのです。

裕の地獄への旅立ち

裕は頭の良い子どもでした。

脩さんとわたし、わたしたち父母は、大分無理はしたものの、裕を無事大学を卒業させることができました。

卒業すると裕は、三菱電機に入社。靴音高らかに、元気いっぱいに出社。外国企業との交渉もまかされ、

「大変だったけど、ふたりでがんばった甲斐があったね」

と、脩さんとふたりで喜びあったものです。

裕、三十四歳、三菱電機に勤めて、十年の月日が経ちました。

「賃貸住宅では嫁さんが来てくれないよ。二世帯住宅を建ててほしい」

裕が突然、そう言うのです。

「裕、お前は大学を出ることができた。両親も兄さんも高校卒だ。仕事で海外にも行っているじゃないか。上を見ればキリがない、身分相応ということだ。わたしたちに、家を建てる贅沢はできないんだよ」

すると、裕は、

「大学なんか行きたくなかった、有難迷惑だ」

と、うそぶくようになりました。

そして、三年経ちました。三年間、家のことで揉めに揉めたのですが、

「ふたりの老後の面倒は、必ず僕がみるから」

という裕の一言に絆(ほだ)されて、脩さんの退職金とわたしの内職のお金、そして、借金して、小さいながらも三階建ての我が家が完成したのです。

パパは年金生活が始まるからと、働くことにしました。新聞の集金です。でも、

「あとは裕にいいお嫁さんが見つかるといいなぁ」

なんて、父母は幸せな日々でした。

そんなある日のこと。裕は足音も軽く、

「行ってきます」

見送る父と母。いつもと変わりない朝。

この日、裕の帰りが遅い。夜中になっても帰ってきません。とうとう夜が明けてきました。脩さんは三階へ。

「ママ」

脩さんにはめずらしい大きな声。

なんということでしょう。メモ用紙に一言〝家出をします〟。

実はその頃、裕は出会い系サイトで、ある女性と知り合っていました。大中とき子。彼女の父親は大中守。この、大中守の企みに、まんまと乗せられての出会いだったのです。

裕は三菱電機を退職。その退職金二千万円は、大中の手に。

四日目、裕から電話が入りました。

「絶対に、大中の家に入りびたりはしない。ふたりの老後の面倒はみるよ、必ず。だから、許してくれ」

ある日、裕の友だちの竹内君がやってきました。

「裕の結婚式に呼ばれたよ。〝宮本家〟の席が空いていたので、おばさ

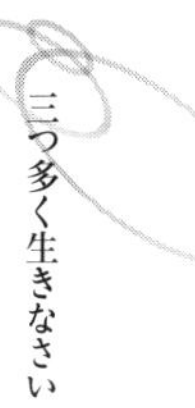

んたちが出席されない理由があるのだったら、と、僕たちもお祝いだけ渡して帰ってきました」

父母の驚きは、いかばかりだったでしょう。

わたしは声をふりしぼって、やっと、言いました。

「そうなの、今日だったの」

父からは、部落という言葉を口に出してはいけないと、子どものころから言われていました。でも今のわたしは、〝部落〟という言葉を使って書いています。大中という、わたしたちにとっての悪魔でさえある彼を表現する言葉が見当たらないからです。部落の人ではあるけれど、そのことが憎いのではありません。

大中のやっていること自体が憎いのです。

数多くの青少年が、ある日いなくなり、両親はあわてて警察へ。警察は打つ手を持っていません。

部落の人たちの思い、それを背景に、裕のように洗脳され帰ってこない事件が、多くあるのです。

もちろん、今の時代です。わたしの子どものころとは大きく異なってきています。でも、部落と呼ばれる、ほんの一部の人たちによって、今のわたしは、毎日泣き暮らしています。

「明日　泣きなさい」の読者から、たくさんのお声をいただきました。

ありがとうございました。

あの本を読んで苦しくなりました。あの本は、脩さんがかわいそうで、読むのはつらいです。（東京）

波瀾万丈の人生、泣きました。

物書きはペン一本で人を殺すことができると聞きますが、ともみさん、読ませていただき、我が事のように、大中という男とその娘のあくどいやり方に怒りがこみあげてきます。後編を書いてください。（男性）

私、泣きました。

僕は部落の人間です。大中は僕たちの敵です。後編を期待しています。（十二人の代表）

息子ユタカ君が早く母の懐に帰れますように。
ハッピーエンドにしてください。お母さん、長生きしてください。
ともみさんのファンです。頑張ってください。
息子さんと仲良く長生きできるように祈っています。
ともみさんの心情わかります。会って助けてあげたい。
部落で苦しんでいる人は沢山います。ともみさん頑張って。
訴えることはできないのですか。人間一人の一生が台無しです、大中のために。

このごろのこと

お笑いにならないで

こんなことを言ったら、お笑いになりますでしょう?

「わたしは、大中と、とき子、二人の死ぬのを確認したい。その執念だけで二十数年、生きながらえてきました」

ほら、やっぱり笑っていらっしゃる。無理もありませんわ。こんな体験、母親なら誰もが体験している、というようなことではありませんから。

世の中の仕組みも知らない純真無垢な、こころのきれいな我が子が洗脳させられる。頭はすぐれているけれど、世の中のことには無知。〝めずらしい世界、いい匂い、おいしそう〟、罠に喰いついてしまって二十年。

もう、身動きもできないのです。なんて情けないのでしょう。オウム事件ではないけれど、洗脳の恐さを、この身にしっかり受けました。

ただ書いています。

〝子でもなければ親でもない〟

何度、こころの中で叫んだことでしょう。裕に引導を渡したつもりでも、実行できないのです。これって、〝血が血を呼ぶ〟ってことなのでしょうか。

わたしのこころは、いつもどこかで、求めています。裕を。

これが親子というものでしょうか。

業が深い、というのでしょうか、血の繋がりというものは。
わたし、今、目が見えにくくなってきています。いずれ、全盲になる、これは確かなことと聞いています。
それで、それまでに書き上げなければ、と。

脩さんが父、生んだのは母、わたしです。

その子の育つのを、脩さんは目を細くして、楽しみを胸いっぱいに精いっぱいに働きました。

家も建ち、あとは息子の嫁を待つのみ、いい人生だ、と、脩さんもわたしも、その幸せに、苦労の甲斐ありと笑いあっていた矢先のことでした。

わたしたちの息子、裕が部落と係わり、洗脳されて、親でもなけれ

ば子でもない、と、両親を捨てて、もう二十年が経ってしまった、なんて。日本語の通じない世界です。何を話しても裕のこころには通じません。

親たちの苦しみは、彼には理解できないのです。

裕は、親の家に帰る自由も許されていません。二十年間、彼は自分の家で一泊もしたことはありません。

部落の洗脳の恐さを、いったいどう表現したらいいでしょう。大中だけの問題かもしれません。そのために、多くの真面目な部落の方に迷惑が及ぶことを恐れます。

でも、わたしのように苦しむ親が、全国に大勢おられるとも聞いています。

裕はこの二十年間で、まったく人としてのこころをなくしたクロー

ン人間に育て上げられています。立派なクローン人間に。

二十数年前の〝オウム事件〟を思い出します。学歴も高く頭の良い若者が、犯罪をおかす非情な人間になれるのですから……、洗脳される、とは、なんと簡単なことなのでしょう。

信じたくない恐い事件、その恐ろしさを、今、わたしは日々の中で感じているのです。

裕は部落に入り、青春を奪われましたが、生まれた子どもは裕の子どもではありませんでした。相手のとき子の、私の知っている限りの最初の男は寿司職人。彼は事を察知し、アメリカへ逃げたのです。

そして、わたしの知っている限り、五人の男性がいるのです。

でも、その誰の子どもか定かでない子どもは、裕の子として、宮本の籍に入っています。わたしの孫として。

裕、気のいいお人好し、バカ、バカ、バカ、馬鹿が服を着ているだけの裕！

大中に、未だに騙され、利用されている。

裕の子とされている宮本の籍に入っている子ども、その不義の子に、わたしのこの家はいずれとられる、と弁護士。

父親を死においやり、母のわたしも狙っている裕。わたしは、というと、ドアを二段ロックにして裕を警戒する、というありさま。

そしてわたし、ラッキーとふたり。

こうして、ただ、書いています。

父の手

この世に子どもを送り出すのではなかったと、後悔先に立たず。

情けない、人生の終盤。

父は、青少年の育成に身体を張って当たりました。でも孫の裕を育成できなかったと後悔しながら人生の幕を引きました。九十歳でした。

「多くの子どもたちに、誠の道を教え、道をはずれた子らを、誠の道に戻せたのに……、裕には僕の思いを届かせることができなかった」

と。父の最後の言葉でした。

何ごとも、誰もが思うようにはできません。

皇居で勲章をいただいたときの父の写真。全国で五十人の方々の写真。わたしの自慢の父の写真です。

厳しい父でした。母でした。

〝明日　泣きなさい〟

母の言葉は今はもう、通用しないでしょう。でも今でもときには、父母のような厳しさも必要なのでしょう。やさしいだけでは軟弱な子どもに育ってしまいます。

わたしにとって貴重な両親でした。両親って、子にとって貴重な存在なのは、何にも替えがたく大切なのは、当たり前ですよね。

裕はそのあたり、ちょっと廻り道しているだけ。いつかはきっと、人として、同じ思いに至ることでしょう。

今の時代の〝教育委員会〟ってなんでしょう。父の時代とは、うんと変化していますものね。

父の分厚い、やさしい手を思い出します。これからどうやって生きようかと考えるとき、父の手が浮かんでくるのです。

〝時〟が、こんなにも早く、わたしを置き去りにして、かけてゆきました。

灯台の灯のように

満洲当時のお友だちから、

「早く在満当時の少女時代を書いて。当時の人たちも僅かになってきたのよ。なにをぐずぐずしているの」

って、何度も何度も……。

でもね、わたしはまず、自分の身の安全を確保しなければなりません。そのために、息子裕を部落から救わなければなりません。そのことに、身体ごとぶつかっていった夫、脩さんの忘れ形見の裕。裕を救い、親子四人で、この高槻の二十六坪のマッチ箱のような家に集うこと。それだけを願い夢見て、わたしたちは二十数年、がんばってきました。

そう、羽織、袴のよき時代は、終戦とともに終わりました。

わたしの思いは、どなたにも分かっていただけないかもしれません。わたしがひとり家に残されても、わたしが育てた裕に傷つけられても、脩さんと二人で育てた裕を元に戻してやらなくては、

「あとを頼む」

と言い残した脩さんに、こたえることができません。大きな責任、わたしには重すぎます。でもわたしがやらなければ、一家離別を元に戻さなくてはと、この二年間、ひとりでがんばりました。わたしの命の灯が、かすかでも灯っているうちは。元の四人家族に戻すまでは灯りを灯しつづけなくてはなりません。

わたしのおじい様は潮の岬の灯台守の鈴木悟郎です。おじい様の灯した灯り、船の安全のために……、わたしは迷って部落に落ち込んでしまった小舟、裕のために灯りを灯しつづけなければなりません。

母の灯りが、迷える子どもたちの道標になればと願って……、わたしの子どもたちが道に迷わないように、まっすぐに我が家にたどりつけるように灯しつづけます。

あれこれ・・・

一日も気の安まる日はありません。

大中とときを子を――、なんとかしなければ。たとえば、罪を認めさせる、ことです。

このたった二十六坪に、三階建て。今、あちこちにこんな三階建ての家があふれていますが、この裕のために建てた家の車庫、近所では目立って広いのです。そこが今、浮浪者や若者男女の溜まり場になっ

てしまったのです。

わたしはあまり外に出ないので気付きませんでした。

民生の方やヘルパーさんに注意を受けてわかったのです。何と、弁当箱や酒の飲み残し、タバコの吸い殻……。

車庫には防犯カメラもつけてありますが、なんの役にも立っていません。カメラからはずれたところで一晩中いるようです。なんと〝サック〟もあったそうです。

この界隈では車庫が広い方なので、そんな人たちがやってきやすいらしいのです。車を置いていないのですから。それで、ご近所にご迷惑をかけてしまっています。

「十畳ぐらいの部屋を建ててくれませんか」

そんなお金、わたしにはありません。年金だけで細々暮らしている

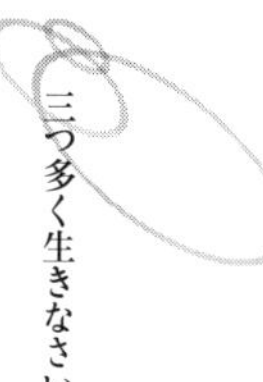

のですもの。

「息子さん、一人前なんだから、息子さんにひと間分ぐらいは出してもらったら」

とも。

九月三日土曜日はゴミの日です。

大型ゴミとダンボールを、民生の方にお願いしました。ご近所の方から、

「宮本さん、そんなこと、自治会に頼むものではないよ」

と怒られてしまいました。

「息子さんがいるのに、その日ぐらい帰ってきてもらったら？　ここのところ息子さんの顔見ないけど、まさか死んだわけじゃないでしょ」

裕など当てにしていなかったので、

「ええ」

と答えて、思わず出てしまった涙をかくしながら家にかけ込みました。

淋しい・・・・、涙が止まりません。

人生いろいろ

脈、正常。

血圧、正常。

特に悪いところ、なし。

それなのに、身体の中は冷たく痛い。現代の医学でも解明できない世にも不思議な病、パーキンソン病。

身体の中は冷たい氷のような血が流れています。冷たいのです。でも手で触ってみても冷たくはありません。

名医も唸りました、現代の奇病だと。

わたしはどうしたらいいのでしょう。


と、わたしはある考えに至りました。

――今は亡き脩さんではないかしら……。


ひとりになったとき、話しかけました、脩さんに。伝わったのか、わたしはすっと楽になりました。

あの世とこの世は地つづきであることを実感しました。次元の異なるあの世とこの世が。

脩さんが、成仏できないでいることがわかりました、冷たくて寒い世界で・・・。

「この世に残してきた敬ちゃんが、部落の中にいる裕によって辛い目にあっている」

と。また脩さんは、裕をこよなく愛していましたから、

「ママのもとに帰りなさい」

とも、一生懸命に言っています。

でも裕には通じないのです。それでわたしに訴えているのでした。

脩さんがどこに居るのかわたしにはわかりません。ただただ話しかけます。

「裕に帰ってきてほしいの、パパ。パパ、わたしの身体を冷たくして動けなくしたら、裕を説得することができないのよ。パパ、そうでしょう。敬ちゃんを動ける身体にしてね、ね、パパ」

わたしは一生懸命話しかけます。

裕に会おうと、介護タクシーで京都へ出かけます。やはり会うことはできません。半日がかりです。

でも京の山からもパパに話しかけました。

だからでしょうか、善光寺さんより連絡がありました。

大和尚様が十月一日においでくださるのです。裕にお話しくださり、また、脩さんの霊に安らかであれとお祈りくださるのです。

そのことを脩さんに伝えました。

一週間の間、どうしたらよいのかと、少しうろたえていたかもしれません。

地つづきとは言っても、次元の異なる世界の人との会話は疲れます。一生懸命に仏様に向かうのですが、必要以上に気をつかったようで、随分痩せてしまいました。

十月一日はまだ先です。静かな日々、裕からもメールが入るようになりました。

〝成せば成る〟ですね。真心は通じたようです。嘘、偽りのない真心の世界。あの世との会話は真心で…、でも一時は、恐かったのですが。

十月一日がきて、そしたらもっと、穏やかになることでしょう。

裕も、部落から解放されて、二十数年苦しみぬいたわたしたち夫婦、もしかして、兄の睦巳もこの家に集うかもしれません。

八十四歳まで生きていると、いろんな出来事にぶつかるものです。お猿の〝渚〟にまた会えましたし、雀の〝チュンコ〟の針のような足に包帯をして・・・・、治ったのかしら、あのとき親子で飛び立ったままだけど。

それに今は、鈴虫。そして愛猫〝ラッキー〟。ラッキーは百十五歳。でも、気ままになったり、甘えたり、すねたり、ペロペロ擦り寄ってきたり。

人生いろいろ、です。

裕もきっと、近いうちに。

わたしたちには――

息子がいます

わたしの夫、脩さんが亡くなって今年八月、三回忌を迎えました。
ひとり残されて、丸二年が経ちました。
この二年も振り返ると、ただただ無我夢中の日々・・・、早いものですね。

わたしには、息子がいます。
でも、
いません。
わたしの息子、裕はこの二十数年の間、〝部落〟（外からは見えない特殊な、わたしたちにとっては考えられない生活、法律スレスレの悪事を平気ではたらく、特別な人を、こう呼ばせていただくのです。俗に部落出身とかおっしゃる方でも、わたしにとって大切な、お世話になっている方がおられます。その方たちではなく、この本に出てくる大中のような、非人間的なふるまいを重ねている人を、わたしは〝部落〟と呼ばせていただいています）の水に首まで、いや頭まで浸かって息もできない有り様です。

他人の子どもを、

「お前の子どもが生まれる」

と騙して育てさせる。それをまた、わたしの息子は、浮気女の尻拭いをさせられても、水に浸かった頭は腑抜けになってしまっていますから、何も感じていないのです。

もちろん、身障者で生まれてしまった子どもには、罪はありません。

その男の子はもう、十七、八歳になっているでしょう。

亡き夫は、相手は〝部落〟と聞いて、血の滲む思いで、まるで、気が狂ったように、息子を取り戻したい一心で走り回りました。毎日、毎日、朝早くから夜中まで。

脩さんは定年後、息子を取り戻すために、京都でアルバイトをしていました。そして、京都の街を歩き回り、ズック靴をなんと、十八足も履き潰したのです。

結果、脩さんは根尽きて、この世を去りました。裕が殺したのです。

「裕、あなたの行為が、あなたのパパを、死に追いやったのですよ」

「裕、あなたは大中の息子ではないのです。このわたしのお腹から生まれた大切な愛しい息子なのですよ」

「裕、大中のどんな甘い言葉に乗せられたの」

嬉々として、毎日、出社していた三菱電機を辞めさせられ、退職金二千万、車を売り飛ばされた代金二百万、丸裸にさせられたあなたに与えられたのは、ヘルパーの仕事。それは桂川園。働け働けと、身体中にお仕置きの傷。火傷の痕も痛々しく、母はあなたが哀れでなりません。

お腹を痛めた母の子であることを忘れた裕。あんなにも愛情を注いだ父の子であることを拒否した裕。

わたしたちには、息子がいます。

でも、

いないのです。

わたしのてのひらに

〝我が子〟と呼べなくなりました。
私の掌に握られているのは、五十一歳になる裕の「へその緒」です。掌の上で、わたしをじっと見つめています。

「ゆたか、ゆたか……」

生まれたばかりの裕、その緒にわたしは話しかけます。彼は掌の上で、どこにも行かず、わたしの話をじっと聞いているかのようです。そしてママに、何かを話しかけてくれているようです。

「ゆたか、わたしの涙が見えますか」

裕が、こころなしかうなずいたような気がします。

「これからは、ママと楽しくお話ししましょうね、ゆたか」

……でも、話しかければかけるほど、私の胸は涙でいっぱいに膨らんでしまうのです。

そしてまた、堂々巡りの渦の中に入り込んでしまいます。

わたしを見つめている掌の裕。

あなたはとてもおとなしい素直な子でしたね。今のあなたは、変わらぬその気の弱さから、大中のリンチに脅えているのでしょう。だから、何もできない。言われるままに、とき子の浮気相手の子どもを自分の籍に入れて、実の両親を足蹴にして平然としている。

あなたは、明るく素直な青年でしたね。大学も優秀な成績で、両親にとって、どんなに自慢の息子だったことでしょう。

今は、一生の仕事としてヘルパーで縛られていますね。ヘルパーも、人の役に立つ立派な仕事に違いありません。でもあなたは、大中の邪心によってヘルパーをやらされているのです。そして、実の親の家にも帰してもらえない、許可をもらえないからなのですね。

いつも、

「申しわけない、ごめん」

謝ってばかりの卑屈な人間になってしまいました。

実の父の三回忌にも帰してもらえませんでしたね。わたし、裕を大中に養子にやった覚えはありません。

「あなたは大中の使用人ではないのですよ」

掌の裕にむかって、わたし、つい声を出してしまいました。

「あなたの一生を、玩(もてあそ)ばれているのに気付かないのですか」

おちゃめでひょうきんなあの笑顔、曲がったことの嫌いなまっすぐ

な目。わたしの中にはそんな裕が、今もいるのです。

　この掌の上の裕です。

「人を騙すより騙される方がよい」

　なんて、裕に言っていた甘い考えのわたしを、反省してもしきれるものではありません。

なぜ……（1）

　裕はなぜ逃げ出さなかったのでしょうか。

　他人の子どもを押しつけられたとき。偽りの日々と知ったとき……。

なぜ逃げ出さなかったの。

大中のリンチ……、火傷をさせられるから……、ムチで叩かれるから……、そんな拷問が恐かったのね。

そんなこと、〝まさか〟とお思いの読者もいらっしゃることでしょう。実はわたしの周りの方にも〝今の時代、日本で、そんなこと……〟とおっしゃる方もいらっしゃいますから。

わたしは、わたしの血と汗と涙で綴っています。

〝部落〟といっても、ほんのほんの一握りの人間のなせることがらです。わたしの大切な友人に部落出身の方もいらっしゃいます。

大中は、特別です。

なぜ・・・（2）

なぜ。
なぜ裕は父を誇りに思えないのでしょうか。
欲もなく、ただ家庭を愛し、裕を愛していたのに。
なぜ。
なぜ裕は父に感謝の気持ちがないのでしょうか。
部落の、大中の手に落ちた我が子を救おうと自分を犠牲にして、死んだ父を。

なぜ。
なぜ裕は二十年も大中に、安穏として身を寄せていられるのでしょうか。

そこに、異常な違和感を感じないなんて。

なぜ……(3)

何年ぶりでしょうか。

裕に昼食をさそわれ、一週間前から落ち着きません。こころ、ここに在らず。うれしくてうれしくて、一日が経つのが、なんと遅く感じたことでしょう。

やっとその日、電話の向こうの裕の声。

「当てにしないでくれ、迷惑だ」

なぜ……(4)

わたし、今月八十四歳になります。

自分の身体のことは調べません。〝知らぬが仏〟ですもの。知らぬ間に逝くのが、わたしの理想です。

知らぬが仏、です。

ある日、診察に来られたドクターが、

「今、僕と擦れ違ったの、誰?」

と尋ねられました。

「ゆたかです」

　裕が帰ってきていたのです。

「嘘でしょ、ハハハッ」

　ドクターは笑います。

「ゆたか、ですよ」

「そうかい、そうかい。・・・・ゆたか君、随分変わった、ねぇ」

「もう、五十一歳になりましたから・・・・」

「いや、歳のことではない・・・・脩さんの息子とは、まるで違っている」

「そうですか・・・・」

「まぁ、単純に言えば、もっと穏やかな表情をした人だったね・・・・」

「そうですね・・・・」

「こころの中は、・・・・何かあるのですかね、暗そうだね、僕には分からないがねえ」

わたしは、涙を止められませんでした。

なぜ……（5）

きっと……、裕は辛抱しているのです。

大中に叩かれようと、火傷を負わされようと、

「ごめんなさい、ごめんなさい」

ただ謝るばかりの裕。

そう、大中に逆らえば親にまで危害が及ぶと、辛抱しているのです

ね。裕は、やさしい子、親思いの子ですもの、ね。

あなたが家に帰ってきても、時計ばかり見ていて落ち着かない様子。
誰かに時間も定められ、見張られているのです。
身体中の傷痕、そしてあなたのこの家を出るときの、泣きながら、
「ごめん、ごめん」
と詫びる姿は、哀れでなりません。
どうぞ母を哀しませないで。裕、あなた自身の力で、母を安らかにさせてください。
昔のあなたのように。

解けない謎

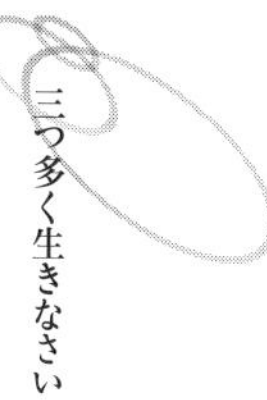

「ねぇ、裕、お盆には帰ってきてね」

「こちらもお盆なので行けない」

「パパの三回忌よ」

「僕の休みの日に死んだら行ってやるよ」

親子の会話でしょうか。

裕が、パパとママと一緒に暮らした三十四年間は、大中と親子になるまでの腰掛けだったのでしょうか。

「パパとママの子どもとして産んでほしくなかった。中学・高校有名校、親の見栄のために行かされた。大学など行きたくなかった。有難迷惑だ」

「弁護士から大中の姓を名乗って、宮本は返上しろということだが、宮

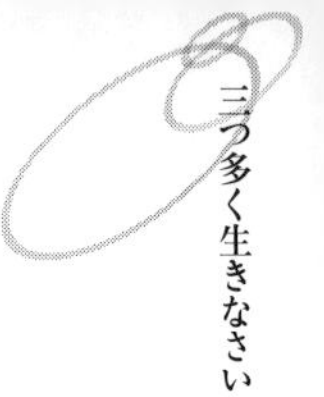

本姓を名乗る。今の仕事ヘルパーは、僕に一番向いている」

　そう言う裕の顔は、まったく血の気のない、血の通っていない表情に見える。瞳は定まらず浮いた感じを、どこか外(よそ)をむいている。

　わたしは、こころの中で、

〝変われば変わるものなのね。いったいどうしてしまったんだろう。どこか宙に浮いているような、掴みどころのないこの感覚はなんなんだろう〟

　と、彼のこころの波動をつかむことができないでいます。そして、

〝阪大病院で精神カウンセリングを受けさせなければ。入院になってお金がかかっても・・・・。

　どこかおかしい。なんだか無理をしているようで・・・・、運命に逆らって生きているからかもしれない〟

と思いました。あらためて、洗脳されることの恐さを見た思いです。でも、どうあろうと裕は裕です。あなたは裕でしかないのよ。わたしたちの大切な子ども、裕でしか……。

二十数年って、この宇宙の中での一瞬の出来事でしかないのでしょう。けれど、聞いてみたい。見上げた空にまたたく星たちに。どうして我が子を助けてやれないのでしょうかって。すぐ手の届くところに彼はいるのに、何百光年も離れた星に向かってわたしは、無意味な戦いをしているのでしょうか。

洗脳という恐さを身をもって味わって……、それでも謎は解けません。

あの星の中に、裕はいるのですね。地球という星に。この小さな星

の中で起きていることなのに、どうしてこの謎は解けないのでしょう。

大中のような蛆虫をなんとかできないものでしょうか。コバエトリってあるけれど、あんなのはないかしら……、あったらいいなあ。

友の声の中で

「ほら、あれ、裕君じゃないの」

「そうね。側にいる女の人がとき子ね」

「ってことは、あの男の子、とき子の浮気相手の子でしょ」

「よくまぁ、にこにこして話しているわね」

車の中で友人たちは、わいわいと話しています。と、誰かがカメラのシャッターを切ります。

「お世辞にも似ているとは言えないわね」

「やっぱりね」

友人たちのおしゃべりの中、わたしはブルブル震えています。不整脈におそわれています。

苦しむたびに、パパもこのようにしてジワジワと死に追い詰められたのだと、裕を憎んでしまう自分に気付きます。身体もこころも苦しくなっていくのです。友だちたちの声が遠ざかっていくのてす。

なんだったのでしょう

大中に洗脳された裕の言葉で、じわじわと精神的に追い詰められたあなたのママ、わたし。精神病院に行った方がいいとさえ言われているわたし。

あなたは、実の父を殺し、実の母さえも殺そうと追い詰めているのね。

あなたを裁判にかけたい。

命の重さを知る裁判に。

もう、わたしの死は目前にせまっています。だから、一日、一日を大切に生きたいの。部落には関係のない、爽やかで清々しい日々を。この世に生を受けたその喜びを味わいながら。

そして、この世に生きたという証を残したいのです。

裕と暮らした三十四年間は、何だったのでしょう。あなたが家出するまでの日々は・・・、何だったのでしょう。

わたし、泣き虫で、すぐ涙が出てしまいます。母からは「明日、泣きなさい」と言われているのに――泣き虫は、親からもらった遺伝子でしょうか。

裕は、こう言います。

「親からもらった遺伝子など、生後一ヵ月過ぎれば無くなるんだよ。その後は、自分の力で血の流れを新しく変えていく、自分で作り出す。だから親と同じ血は流れていない。親子ってなんだ？　恩に着せるな」と。

でもやっぱり、わたしたちの子？　パパが命を縮めても守りたかった我が子だったの？

悔しい……わたしの血が「逆流」を始めました。

愛しいわたし

老人になっても幸せ

　八十四歳、終着駅が近くなりました。

　昔々、わたしは父に言いました。

「ねぇ、老人にとっての終着駅は、始発駅だよね」

　すると、父曰く、

「終着駅まで来ると、Uターンはないんだよ。始発駅にはならなくて、まっすぐ暗いトンネルに入るんだ。トンネルに入ると出てこれない。真っ暗闇がずっと続くんだよ、けいこ」

　わたしは納得がいきません。きっと怪訝な顔をしていたのでしょう。

父は、やさしく、こう言いました。

「でもいつかまた、トンネルに入った機関車が、真っ暗なトンネルをあとにして出てくるのさ」

「えーっ、ほんとう?」

わたしは、どんなにうれしかったでしょう。

「そうさ、そのときはね、入って行った老人たちは新しい命のボールになって、光の中へとやってくるんだよ」

わたしの瞳は、どんなにか輝いていたことでしょう。父はわたしを抱きしめて、こう言ったのですから。

「けいこ、父さんはね、この次もけいこの父さんになりたいと思っているんだよ」

父は愉快そうに、大きな声で笑いながら、抱きしめた手に、もっと力を入れました。

わたしも笑いながら、そしてうれしさに泣きながら、ずーっと、〝ずっと、安心ね、けいこ、わたしは老人になってもずーっと幸せね〟と繰り返し自分に言い聞かせていたのです。

ふふふ、また、満洲へ行こう！

愛しいわたし

田辺高校では三年間、真面目な高校生を演じきりました。

校則は破ることなく、成績は常に〝上の中〟で通していました。クラブは、音楽部と演劇部。〝桜の園〟では、なんとわたしは、主人公のアーニャを演じたのです。今、思い出してもドキドキ、そして頬が緩むのです。わたしにとって、忘れられない愛しい〝わたし〟です。

父は偉大な人でした。母も、山之内一豊の妻として有名でした。母はその生涯を、父に捧げたと言っても過言ではないでしょう。引き揚げ者は、いえ、国内にいらした方もですが、それは大変な生活でした。母は夜遅くまで内職をし、わたしも少しでも家計の足しになればと手伝いました。

父は、引き揚げ者の身で家一軒持てずに間借り状態が続いています。親子四人が六畳一間の離れに身を寄せて、重なりあって寝ている有様でした。

もちろん、台所なんてありません。父が、道に落ちている木片など拾ってきては、日曜大工で作ってくれました。

そんな中でも、妹も大学にやることができ、だんだんに、家族四人のそれぞれの進路が決まっていくのです。

そう、この頃は、苦労ばかりの両親だったでしょうが、家族全員が燃え上がっていた瞬間でした。

エイエイオー、と、四人が掌を重ねて無言の誓いをする。そして、それぞれの道を歩み始めました。


わたしは、多感な年頃になっていて、随分、親にも反抗しました。

「敬子が男に生まれていたらなぁ。お母さんのお腹の中に、チンチン忘れてきたんじゃないか」

と父。危険思想だからやめろ、と叱られながら、わたしは憧れていた吉田茂の事務所に採用されることができました。

でも父は、吉田茂という政治家への憧れを捨てないわたしを、裏では、応援してくれたのです。

わたしは、〝うぐいすガール〟第一号です。どんなに張り切ったことでしょう。

社会の窓を開けると、そこには、

「吉田茂を倒せ」

と反感を持つ人や、

「吉田茂でなくては日本は駄目になる」

と言う人もいます。

和歌山県田辺市の選挙演説のときは、わたしはまだ高校を卒業したばかりでしたから、地元の方たちが、

「敬ちゃん、がんばれ」

とか、まるでお祭り騒ぎのように応援してくださいました。

「田高一の美人やで」

父は、教育委員会に反感を持つ引き揚げ者の立場で、教育委員会に殴り込んだりしました。そんな中で、十針も縫うような大怪我をしたこともありましたが、それにひるむような人ではありませんでした。

そんな父でしたが、最後には、教育功労賞をいただくほどになっていました。

「今の乱れた世の中では、ろくな若者が育たない」

と、青少年の育成にも係わりました。そしてまた、賞もいただき、この二つの賞で、勲五等をちょうだいしたのです。

天皇陛下に、

「夫婦共にがんばりましたね」

と、お褒めの言葉をいただき、母も、内助の功という過大な賞をいただいたようです。

その父母の生きざまを見ていたわたしは、迷うことなく突き進むのです。

ポツダム宣言を受諾して、日本は敗戦しました。

マッカーサーが厚木に降り立ち、東京湾上のミズリー号で降伏調印が行われました。

第一次吉田内閣が誕生して、日本国憲法が発令されました。戦後の第一歩が踏み出される瞬間でした。

吉田内閣三期のときに、わたしは事務所を飛び出しました。

そして、稼がなくては、と、水商売の世界に入りました。

それがなんと、働き始めると名前が売れるようになり、指名がたくさんかかるようになりました。そして、収入も増えたのです。

わたしは若く、新鮮さが話題でした。高校生らしさを失わない衣裳を着て、謙虚に振る舞っていました。吉田茂の事務所の〝うぐいすガール〟だったこともあって、評判になり、売れっ子にもなったのです。

わたしは一人立ちして、自分の部屋を借りることができました。四畳半一間でしたが、本とノート、エンピツは離しませんでした。

ある日、遅くに来られた有名なお客様から指名がかかり席に座りました。が、すぐに他の方からの指名があり、別の席へ移りました。

支配人がわたしを呼んでいると聞き、お小言かしら、と思いながらその席を離れました。

わたしがノートを忘れたらしく、

「この娘を呼んでくれ」

と言われたとのことでした。

その方の席に行きますと、

「あぁ、君、ノートを忘れているよ」

「ありがとうございます」

お礼を言って戻ろうとしますと、

「あぁ、ちょっと待って」

呼び止められ振り返ったわたしに、

「これは君のノートだね。読ませてもらったが、君は凄く勉強しているんだね」

そして、

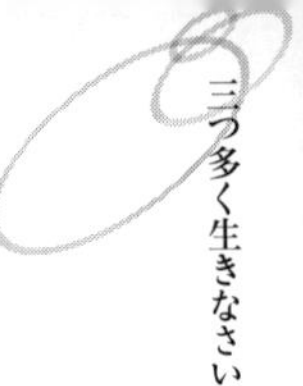

「この人は鹿島君と言ってね、阪大の外科部長をしている偉い人なんだ」

と、同席の方を紹介されたのです。

わたしは、「あっ」と息を呑みました。

ある記憶を思い出したのです。

それは、十二歳のとき、従軍看護婦で戦地へ行ったときの匂いでした。

同じ匂い……、ナースになる……、記憶が走馬灯のように、頭の中を駆け巡ります。

「何か傷つくようなことを言ったかな」

心配そうにわたしを覗き込む顔がありました。わたしは恥ずかしくなって、

「失礼します」

洗面所へ駆け込みました。

化粧もできていない田舎もの丸出しで……、でももう遅い。何もかも見られたのに、顔を洗い、クリームを塗って、洗面所を出ようとしたとき、支配人にぶつかりました。

「お客様が心配していたよ」

「気分が悪くなって……」

と嘘を言い、

「失礼します」

と席に戻りました。お客さんは、

「この、おっかない人はね……」

と話しだしました。

わたしはここで、運よくナースになるきっかけを掴んだのです。

現在あるのは、このときの、阪大外科医のおかげなんです。

キューピット役は

わたしは阪大勤務で、脩さんはコスモ石油勤務でした。

仲人は阪大の外科医。わたしは吹田市で下宿しながら看護婦として外科医務に。そんな中で脩さんと出会い、キューピット役をしてくださったのが外科医のご夫婦です。

実は、脩さんとは一度出会っていました。彼はヒッピーでした。海南で出会った、名も知らぬ人、笑った顔の清々しい人だったのです。

「仲人になってやろう」

先生ご夫妻で勧めてくださいました。

「敬子も結婚したら、家内のように内助の功を発揮して、宮本君の陰の力になって、夫婦でがんばるのだぞ」

二週間の新婚旅行は海外でした。先生がすべて出費くださったのです。とてもうれしくありがたいことでした。

懐かしく思い出すなんて、ふふ……、やはり歳をとったということかしら。

名無しの権兵衛さん

死を覚悟すれば何でもできる

その人の名は権兵衛さん。寿司職人です。裕の妻となっているとき子の最初の夫であったということです。

裕と同じように様々な事件を逃れて、

「アメリカに修行に行く」

と、日本を去った権兵衛さんが話してくれました。

僕は、アメリカに逃げた。三年経って帰ってみると、ユタカという真面目くさった男が釣り上げられていた。高槻の人間らしい。大中にとっては、鴨がネギをしょって来た、ということか。

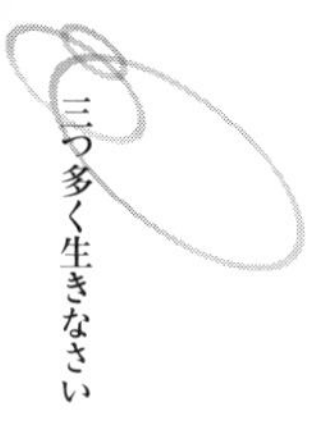

聞くところによると、そのユタカという男は立派な職業を持ちながら、口八丁、手八丁の、あの憎らしい男、大中に飼い慣らされて二十年。まあ、気の毒と言やぁ、気の毒だが……、今じゃ、自分の意志もなく大中の言いなりに漂っているのか、両親のことなど、死のうが病気になろうが、一切、こころにはなくなったらしい。まぁ、大中もうまく洗脳したものだね。

日本語の通じない世界、といっても、日本語はもちろん彼らも使っている。いわゆる、こころが通じない、我々の考え方とはまったく異なる世界だということだ。本人たちにとっては当たり前の世界らしいんだがね。

ユタカの嫁さん、大中とき子。実は僕は、その最初の男、かどうかは、あの女に聞かないと分からないが、テクニシャン、だよ。今やもう、

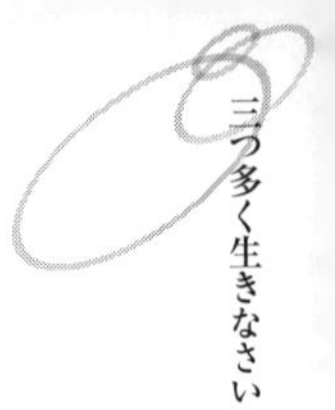

五十五歳ぐらいだろうけど、美人でもないのにテクニシャンというだけで、いろんな男がひっかかるんだ。カーセックス、僕もしたよ。

とき子の家の近くを歩いてみたり、車の中からあの女の顔を見て、今更ながらぞっとする。僕の後釜にいったい何人の男たちがいたのか。

今、ユタカ君の子どもとしている男の子、彼の子どもではないらしいよ。

ハッハッハッハ、それでもユタカ君は、あの大中の親父がいいらしい。大中にひっぱたかれようと、焼け火箸を背中に押しつけられようと・・・、その恐ろしさに跪（ひざまず）き、おとなしくヘルパーをやっている。まっ、見上げたもんさ、その馬鹿さぶりはね。

ハッハッハッ、それにこの二十年間、とき子は、あいかわらず、男を取替え引替えの有様さ、ユタカ君はただの飾りもの、飼い殺しさ。

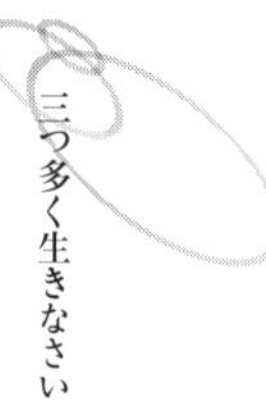

しかし、ひとり残された彼の母親も大変だろうなあ、並の精神の持ち主ではやっていけないよ。

僕は今、東京に住んでいる。時々、彼の母親に電話するんだ、名前も告げずにさ。だから、彼女は僕の名前は知らない。その方がいいと思っているんだ。

電話では、僕の、大中一家とのバトルの実体験を話す。いつも彼女は、悲しそうだ。ユタカに有難迷惑と言われ罵（ののし）られていることも、僕は知っている。まったく、実の息子にだよ。

ユタカ君へ寿司職人からのアドバイスだ。君の父親は君のために死んでしまったんだろう？　また母親にも同じ思いをさせている。君はまだ、人間としてのこころを持っているはずだ。だから、今からでも遅くない、たったひとりの母親を助けてやれ。あの、獣のような大中

のために母親まで、君を苦労しながら育て愛情を目いっぱい注いでくれた母親まで見殺しにするな。

僕の話も本に書きたいと、彼女は言った。そこで、僕は君の家に行ったよ。彼女に会ったよ。

なんてやさしい、息子思いのお母さんだと、僕は思った。欲も得もなく、ただただ息子を愛している。うっとうしい、うるさい、と君は言うけれど、それが母親だ、愛情だ、ありがたいことなんだ。君には分からないのか！　バカモン！　……おっと、ついカッとなっちまったな。

しかし、大中の親父とときこの男狂いと、もう二十年だ。とっくに目が覚めてもいい時間が過ぎ去った。もう、ヤメロ、目を覚ませ。僕も、そこに居て、同じ経験をしたんだよ。君よりうーんと短い時間だが。

だから、君を助けたい。君の母親のためにも。

君にその気があれば、アメリカの下宿先を紹介する。君の母親は、そのためのお金は用意すると言っている。どうだ？

日本語の通じない、腐り切った世界で、君は一生を終えたいと思っていないはずだ。


わたしはこの、六十歳くらいの名も知らない男性から、本に書いてもいい、という好意をいただきました。

わたしは彼を、名無しの〝権兵衛〟さんと呼ぶことにしました。

権兵衛さんのおかげで、わたしは少し胸の中が落ち着きました。ほんとにありがとうございます。

まだまだお話しを聞いています。彼も過去に大中ときき子による、

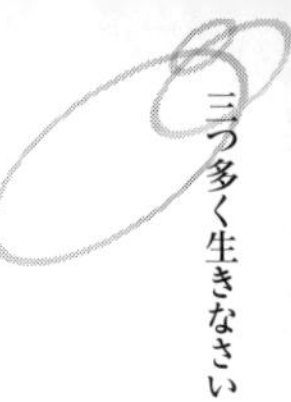

つらい思いがあり、髪を乱して追いかけてくる大中と、とき子から、死にもの狂いで逃げ切ったことを、若気のあやまちであったと回想しているそうです。そして、ご両親の悲しむ顔などを思うと、そのころは、死を覚悟していたと言います。

わたしは、彼の話を聞いているだけで、涙が止まらず、ペンを走らせることができません。

「死を覚悟すれば、なんでもできます」

と権兵衛さん。

「今は、生きて逃げられたことに感謝、両親は亡くなりましたが感謝しています」

と。

「同じ苦しみを味わっているユタカ君のために、僕の言うことが、誠が

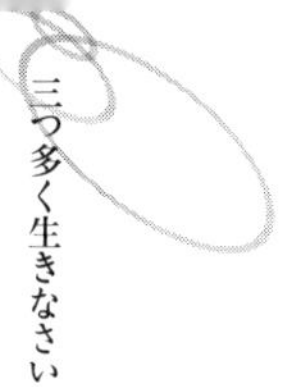

通じてくれ、と、祈るばかりです」
そして、アメリカで修業したお寿司を仏様に、と、作ってくださったのです。

きっとできるさ、裕君なら

権兵衛さんから、また電話をいただきました。
僕はアメリカから帰ってきて、両親とは片時も離れず、親孝行の真似事を、十年余りしてきたよ。その間に、両親のすすめで結婚して、子どもも出来た。

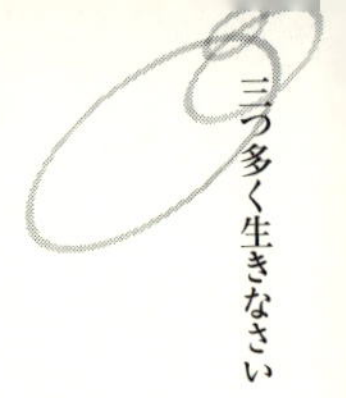

両親は九十八歳まで、そして共に仲良く、目を閉じた。僕は、大中との係わりからアメリカに逃走、その間十年間、両親は涙し、苦しんだことだろう。しかし、帰国後の十年間は、しっかり両親との絆を取り戻し、妻や子どもも含め、両親と幸せを味わうことができた。ふたりとも、

「ありがとう、ありがとう」

と、幸せだったと言いながら旅立ってくれた。

あの、取り返しのつかない大中との係わり、両親に、本当に申し訳ないと思う。今は、妻と子どもと三人で、両親の愛情に守られて、僕は幸せだ。

僕は、ユタカ君に言いたい。

「成せば成る」

と。

「ユタカ君、君のお母さんを、僕の両親のように喜ばせてやれよ」

と。君と話したことはないけれど、どうかひとりになったお母さんと共に、幸せになってほしい。祈っているよ。

「死ぬ気になれば、何でもできるよ」

ユタカ君、母は偉大なもの、それに弁護士もついている。僕はその弁護士にも会ったよ。彼も君の帰りを待っている。

頼むよ、お母さんの残りの人生、君の手で幸せにしてやってくれ、きっと出来るさ、ユタカ君なら、ね。

これだけしか言えない

権兵衛さんは時々電話をかけてくださいます。

権兵衛さんも、もう六十過ぎの妻子ある方です。

「腑抜けのように、満足気に暮らしているのかい、ユタカ君。大中のリンチが余程のことなんだろう」

と気にかけていただいています。

「とき子の男の子どもを押しつけられて、ユタカ君は、なに考えてるんだ。お母さん、東京では部落追放、ひどいもんですよ」

と。でも、六十過ぎても、これだけしか言えない、とも。

なのでしょうか

またわたしは、堂々巡りの始まりのところに戻ります。

裕の突然の家出。〝家を出ます〟だけの書き置き。

そして裕の結婚式。裕の両親は式に呼ばれることなく、当然、何の相談もお話しもなく結婚式が……、裕の友人の竹内君の知らせで知りました。

「おじさん、おばさん、今日、ゆたか君の結婚式だったんだよ」

「そうだったの」

平静を装い、わたしは竹内君とお話ししています。きっと顔は引きつっていたことでしょう。そうだったの、と一言、それだけがやっとの

ことでした。

〝宮本〟の席が空いていたのでおかしいな、と思って竹内君は来てくれたのです。

裕を惑わして、へんちくりんな結婚式を挙げさせた相手が大中だとは、知る由もありませんでした。

それからわたしたち夫婦の苦しみが始まったのでした。大中から裕を取り戻したいと。

ある方がおっしゃいました。

「結婚式もしたのでしょう、それなのにどうして息子さんを?」

そう、結婚式も済んだようです。そこまで話がすすんでいても、わたしたち夫婦には、なにも知らされていませんでした。結婚相手の顔も知らず、その親である大中の顔も。二十数年、未だに顔を合わせることはないのです。

しばらくして、裕に子どもができたと聞きました。わたしたちはどんなに喜んだことでしょう。

脩さんは、まだ見ぬ孫のために、ゆりかごを買いました。三万円でした。

一か月が過ぎました。

三か月が過ぎました。

息子たちの来る気配もなく、孫を連れて来ることもなく……。

あとで知ったことです。

男好きの女が、ある男の子どもを宿し、その対策に、裕が選ばれ結婚式。そのときにはお腹の子どもは三か月だったそうです。

それを隠そうと、京都から大阪に居を移し、子どもを生みしばらくは大阪にいたということです。裕は、何かと言い含められたのでしょう。何か月か後に何喰わぬ顔をして京都に帰り、その子を裕の、宮本の籍に入籍したのです。

裕は口にチャックをし、二十年間、このことについては両親にも一言も話しませんでした。

弁護士の話では、裕が死んだときは、宮本家の遺留分は、その子どもに渡るそうです。それで、裕たちを、宮本から籍を抜くように手続きをしようと言っていただいています。が、そんなことがうまく運ぶのでしょうか。

子どもができた時点では、裕は〝おかしい〟とは気付かなかったのでしょうか。

権兵衛さんのおっしゃるとおり、裕は、「おとなしいだけで、ケツの毛まで抜かれても気の付かない男」なのでしょうか。なのでしょうね・・・。

誰ひとり　こたえません

パパとママは
裕に　なにか
悪いことをしましたか

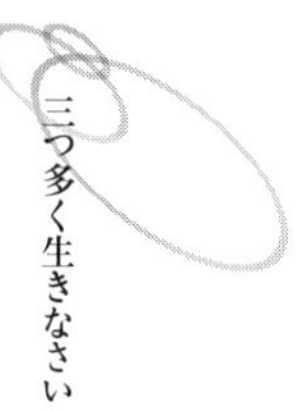

こわいクリーニング店

裕が大学受験のためがんばっていたころ、わたしはミキプルーンの内職をしていました。

京都の西京区で、一か月に一回のセミナーがあり、わたしも参加したりして、京都には友人、仲間がいます。京都西京区は、大中が家を建て、居住しているところです。

そんなことで、セミナーに出かけたときや、その友人から電話がかかってきたりして、わたしも近隣に住んでいるかのように、大中に関する情報が入ってきます。

裕が高校生のころ、大中が西京区に自宅を建てました。そのころ、とき子の弟は、小さいころから外出させてもらえず、高校の卒業式のあと北海道へ家出した、という話が広まったのです。

その家は、小さなクリーニング店を営んでいました。当然、近所の人たちは、近くにクリーニング店が出来てよかったと、喜びました。

ミキプルーン仲間が集まると、すぐ、そのクリーニング店の話になります。

「ワイシャツを出すと、ぼろぼろになって返ってくるのよ」

「きれいにたたんでないのよね」

「服があちこち穴だらけになっていて、腰が抜けたわ」

「それに、溝にクリーニング店からの排水が流れ込んで、ミミズが死んでいたのよ。草だって生えないし」

「余程、強い薬を使っているのね」

「恐いわ」

「それからね、ゴミの日って定まっているのに、クリーニング店の奥さんったら、うちの玄関の階段を昇り、二階まで来て、私の目の前でゴミを捨てていくのよ」

「まぁ」

「私のところはね、石階段の一段一段に植木鉢を並べてあるの。それをあの奥さん、わざわざ足で蹴飛ばすの。ガラガラと、落としていくのよ」

「考えられないわ」

大中がやってきて、半年も経たないうちに、

「出て行ってもらいたい」

と苦情が地域の班に寄せられたということです。しかし、彼はそれ

どころか、地域の班長になると言うのだそうです。班長になったら班費はあの男の飲み代になってしまうと、増々反感をかったようです。

しかし、大中は班長になり、それは毎年のことになり、地域の人たちの追い出しには、ビクともしなかったそうです。

「それにあそこの娘、三十を過ぎただろうに、挨拶もしない。こちらが〝おはようございます〟と声をかけても下を向いて、無視するのよ」

反感はひどくなるばかりの様子です。そして、びっくりするような、こんな話まで出てきました。

そのクリーニング店には、お店の玄関に向いて、便所があり、正面に金隠しが見えているのです。

あるとき、クリーニング店を訪れた人が、

「ごめんください」

と言うと、店のおかみさんらしい人が入り口に向かって、堂々と用を足していたそうです。そしてお客さんに、

「そこに紙と鉛筆があるから、名前を書いてください。品物は机の上に置いといてください」

と、用を足しながら言ったそうです。

実はその店を五人で訪れていたのですが、五人とも呆れて、

「なんという店だろう、あの奥さん、平気でシャーなんて」

「うんこもしていたよ」

「あなた見てたの」

「だってね、ブーなんて、あれ、おならなの」

と、その話で何日か持ちきりだったとか。

正論では負けます

わたしはここのところ、〝うつ〟になりかけていました。それで精神科のドクターに診察していただくことにしました。

わたしの出身病院である阪大病院です。

わたしは眠ります。すると、ドクターが話しかけます。こころの中にあるものを全部吐き出すのだそうです。犯罪者に使う、いわゆる嘘発見器です。この機械は、阪大と東大にしかないのです。

で、わたしのこころの中は、裕、大中、とき子を憎む気持ちでいっぱいだったということです。

それを聞いたわたしは、とても悲しい思いになりました。今のわたしにはそれしかないのだということが。こんな嫌な思いはしたくありません。

でもいつか、裕の頭の中にはなにがあるのか、知りたい、とも思いました。

老婆ひとり、静かに暮らしたいと思いながら、憎む気持ちが多くを占めていたのです。

弁護士さんは、いいことも悪いことも、全部紙に向かってぶちまけろ、と言ってくださいます。

大事な息子は洗脳されて、もはや日本語が通じません。

脩さんが元気なころに、家庭裁判所で裁判をしましたが、そのときすでに裕の頭は洗脳でずれていました。

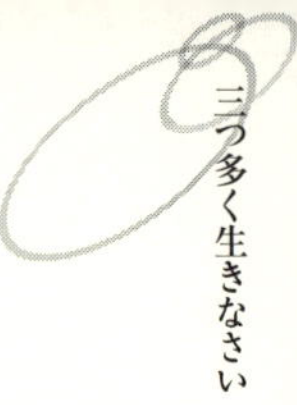

わたしたちは、弁護士と脩さんとわたしの三人。裕はひとり。裁判官ふたりと裁判長。

結果、裕一人で勝ったのです。

口があれほど達者になっているなんて。思い出しても、ひとりで乗り込んできた裕に、身の縮む思いがします。

法に携わる方々は、法に触れない程度の内容で裁判官に伝えます。ので、法の網スレスレで……。

弁護士は正論で訴えます。が、わたしたち、脩さんとわたし、三回の裁判をしましたが、負けました。

大中は、近所の方も相手にしていません。狂人だからです。裕はその、二代目になってしまっているのでしょうか。

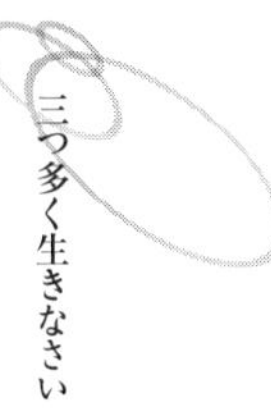

その後は弁護士さんも、

「裁判をしてもお金がかかるだけです。部落の人間との話し合いは、裁判所もまっとうに受けてはくれませんから」

と。わたしたちも、裁判での決着はあきらめました。

わたしの味方

わたしのラッキー。猫です。我が家に暮らして、もう二十年を超えました。人間の年齢なら、百十五歳とか。彼女もおばあちゃんになりました。

ラッキーは、アメリカンショートヘヤ。わたしの味方です。助けら

れています。

こんなことがありました。

夫亡きあと、わたしはひとり暮らし。ある日のこと、

「宅急便でーす」

と玄関に声。わたしは不自由なからだを玄関の上がり口まで――そこに座ってオートロックのリモコンを操作して――するとドアを開けて男が入ってきて、いきなり切りつけられたのです。わたしは声も出ません。

すると側にいたラッキー、すかさず相手に噛みつきました。男は逃

ラッキー

げてゆきました。

切りつけられた足の傷は、未だに残っていますが、時折、その恐さを思い出しながら、

「ラッキー、ありがとうね。あんたも、もう歳なのに、あの素早さは見事だったね。ありがとうね」

なんて、ラッキーに頬擦りしながら話をしています。

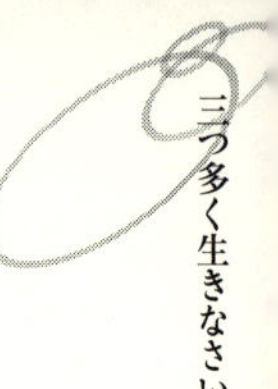

地獄道

目が
一刻　一刻
見えなくなってゆきます
光を
失う　地獄道

ねえ　手を引いて
ねえ　パパ
誰ひとり　応えません
誰ひとり
訪れるひともなく
わたし
ひとり歩む
地獄道

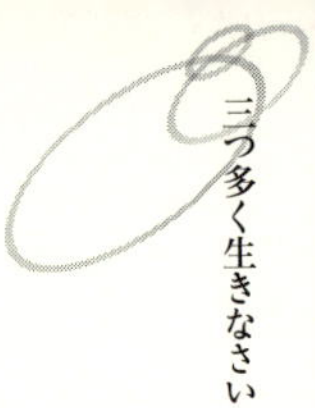

もっと光を

子を求めすぎたのか、わたしの目は見えなくなってきました。眼科へ行っても、

「これは精神的なものですから、あなたの思いを変えていく以外には治りません」

うっすらと見えている。自分の力でなんとかしなければ治らないのね……。

家中の手すりを頼りに、それに勝手知った我が家ですもの、と動きはするものの、柱で頭を打ったり、段を踏みはずしたりと、ひとり賑やかしく……、その音も虚しく響いています。

モノが見えにくくなって、そのせいか、今まで見えなかったものが見えてきた気がします。それは、‥‥人のこころの中？　嘘か真実かが見えてきた気がします。

家の中全体が暗く感じます。

「全部屋の電気、百ワットに変えてください」

すると電気屋さん、びっくり。

「えっ、三か月前に全部百ワットに変えたばかりですよ」

暗いのはとても陰気です。

太陽が照っていても、明るい光がほしいのです。

愛猫ラッキーとリビングで重なり合って寝ています。

写真

この笑顔！

一枚の写真を見ています。

過去二十数年、一度も見たことのない笑顔です、裕の。そして、裕と一緒に写っている男の子は――。


わたしは、京都桂へ一か月に一度のセミナーに出かけます。今は介護タクシーで出かけます。

ここでは、四十年来の友人がいます。その友人が送ってくれた写真です。裕さんの写真送ります、って。

この一か月に一度の集いは、あの大中の家に近いところでありますから、わたしは一か月に一度は大中の家の近くに行っていることになります。

そこで、友人が裕の姿を写真に撮ってくれました。友人の好意はうれしいけれど……、見たくない写真です。

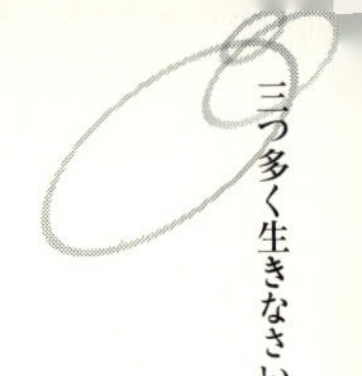

わたしの泣き声と

わたし、病床の身。

ベッドに横たわっていると、つまらないことばかり浮かんできます。たのしいことや、夢のようなことや、お花のことなどを思い浮かべようと、自分には言い聞かせているのに……。困ったことね。

今日は頭の中を〝洗脳〟という言葉がかけめぐっています。こんな言葉がわたしに降り注ぐなんて。

口先三寸で法律の網をくぐり抜ける族。部落と言われる族。ほんの、その一部の人たちのことだけど、わたしは、とても恐い。

他人の子どもを、どんな巧みな言葉で連れ去ったのか。それから

二十年。我が子はその族に染まり、他者を泣かせて平然としているのです。泣きながら耐えている母を見て見ぬふりをして。

そんなこんなを考えています。

するると、電話の音が高く響きます。

「はい」

「・・・」

「どなた？」

するると、裕の声が聞こえてきます。

「仮腹で生まれた。生まれたくなかったのに。この世に送り出され、勝手にゴールデンボールだと喜んで。この世に生まれてきたこと、高槻の家のこと、大学までのこと、すべて拒否する。いつまでも、うっとおしいんだよ、いつまでも親面されて迷惑なんだ。ちょうムカツク！

すべてゼロ」

ガチャンと激しい音、その余韻が・・・・。

あとは、わたしの泣き声とラッキーの心配そうな眼差しと、ベッドに横たわっているわたしと。

自分の身は自分で

裕がケアマネに言いました。

「母を老人ホームに一週間ほど入れて、その間に部屋の片付けをしてください。鍵は僕が持っていますから」

ケアマネはわたしに言います。

「どうぞ、一週間か十日ほどホームでゆっくりされていらしてください。その間にお部屋の片付けをしますので。息子さんに側についていていただきますから大丈夫ですよ」

とんでもない、今は老人ホームに入ったら、肉親の許可がない限り出られない、ということは、裕が許可しない限りわたしは戻ってこれないのです。

裕の魂胆はわかります。大中の命令でしょう、この小さな家を乗っ取る、という。

血縁でなければならない、という役所や施設、病院など、多いと聞きます。老人には何も自分で判断できないとでも思っているのでしょう。特に、老人ホームや病院のそれは、恐ろしい結果を生んでいると、多くの方々からお話しを聞いています。

ですから突然、裕が、ほんの少しホームで休んでおいで、などとやさしく言ってくれたところで、わたしは応じるわけにはいかないのです。裕の言葉の向こうに、大中がチラツイテいますから。

わたしの留守中に、この家を自分たちのものにして、そしてわたしは、ホームから戻れなくなるのです。目に見えているだけ、悲しい気分になります。

血のつながりの恐さ、今の時代の特有のものとも言えるのでしょうね。

〝部落〟についてよくご存知の方からは、再三注意を受けていましたが、この、大中、とき子、そして洗脳された裕……。

過去を悔いても手遅れですが、私が脩さんと知り合ったばかりに

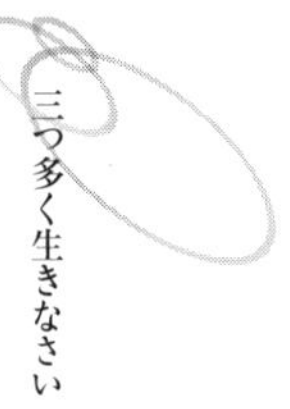

……、脩さんの人生を狂わせ、ふたりの子どもたちをも狂わせ……、〝この世に生まれてきたことすら有難迷惑〟と否定され……、わたしは、大きな罪を背負ってこの先、生きなければならないのでしょうか。

何度も言います。

「部落解放は、これでよかったのですか」

と。

部落の中の、ほんの一部の人たちによって、日本国の中で、大変なことが起きているのです。

大阪の天王寺や難波あたりでは、〝部落〟の人のいたずら、嫌がらせで困っている方が多いのだそうです。が、法律に触れない、ということで、弁護士も手が出せない状態であると、あるジャーナリストか

ら聞きました。

「今の法律では、そのような人たちを取り締まることはできないんです。相手に怪我をさせたり、殺したり、そういう状況でないと、弁護士も相談に乗ってくれません。

自分の身は自分で、ということです」

私と仲良くしてくださっている部落の方に申しわけないなぁ、と思いながら書く〝部落〟の二文字。

日本全国的には、大中のような〝部落〟を逆手にとって好き勝手をしている人は、数限りなくいる、とのこと。

〝法律〟をつくりかえない限り、この手の悪ははびこるばかりです。

そのうち、日本は、〝部落の天下〟になるのではないでしょうか、とっても、不安な思いです。

パパとママは何をしたの

痛い、痛い……、痛い！

あちこちに電話してみます。
——誰も見向きもしてくれません。
ドクターにもナースにも、ほったらかしにされている思いです。
目が見えないからか、電気事故をおこしてしまいました。
レスキュー隊やら警察やら、関西電力やら。

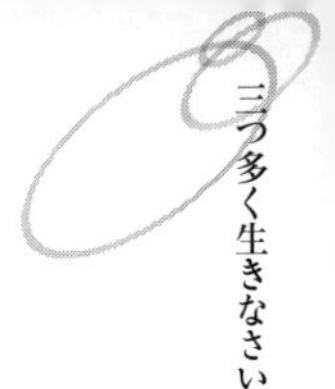

死んでゆくものに、〝シバシマテ〟はないでしょう。

わたしも、パパと同じ仕打ちにあっています。

裕、二言目には、

「老人ホームに入れ」

と言う。

パパとママは裕に何をしたの！

こうやって見捨てられ殺される。脩さんもわたしも、裕に。

介護施設は現代の姥捨て山。

父母はどんなにあなたが大切だったことでしょう。わたしたちの愛しい子ども、裕。精一杯の愛情で育んだ子ども。結果、部落にこころまで奪われ二十年。実の父は精神的に殺されました。そしてわたし、実の母は今なお、地獄の苦しみを味わっています。

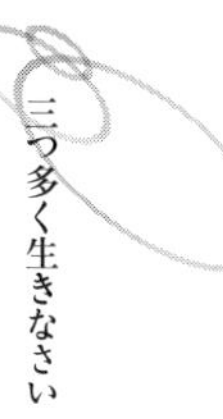

あなたの頭の中を

わたしは裕にカウンセリングを受けさせたいと思っています。

三年前、脩さんが亡くなった年、善光寺さん十年の満願に、脩さんの代理ということで、裕と二人で出かけました。

その折、執事の中村様から、

「ゆたか君、おかしいよ。あんなに、父母を嫌って〝有難迷惑〟だなんて。一度、精神科のカウンセリングを受けさせたらいいのではありませんか」

と、助言をいただき、また、高槻病院のパーキンソン病の担当医の

先生からも同じ助言をいただきました。

「ゆたか君の中に、なにがあるんだろう」

とおっしゃって。

一週間くらい前のことです。裕は大中に、電気火箸で火傷をさせられたのです。それでも逃げることをしないほどに、洗脳されてしまっているのです。

そんなことですから、善光寺の執事様や、お医者さんから言われたようにわたしは、カウンセリングを受けさせたいと思うのです。

裕の頭の中のサイクルを、知りたいと思っています。

でも裕が、病院へ来てはくれないことも、わたしにはわかっています。

わが子ながら

九月五日、裕と精神科へ行ってきました。

裕は、この二十数年のこと、脩さんの人生全て拒否しました。脩さんの死も含め、一から十まで全てをです。全てを拒否したのです。


もう、親でも子でもありません。

裕かわいさに五千万円の借金をした脩さん。裕かわいさに、車も買わずに辛抱した脩さん。そんな父の死に、なんの感情も感じないロボット人間の裕。すべてを否定して、

「そんなこと言った覚えはない」

と、洗脳された頭でしらをきる。裏切られたときの脩さんの気持ちが、今のわたしに伝わってきます。

脩さんの、七十九年の一生は、なんだったんだろう。そしてわたしの一生は・・・・。

口先三寸でこの世を渡るペテン師、大中。その大中の思いのままに動いている裕。

精神科のドクターを騙し、信じ込ませるほどに洗脳され、よくもあれほどのペテン師に育ったものだと、我が子ながら恐ろしい思いです。

そこには、脩さんの純真なこころなど微塵もありません。当然ですよね・・・・。

わたしの怒りは

「敬ちゃん、あとを頼む」

消え入りそうな声で脩さんは言った。その声は今もなお、わたしのこころをさいなみます。

わたしに託された脩さんの願い、わたしは何もしてあげることができません。

自殺しようとこころにきめ、手首にナイフを当てました。真っ赤な血が流れます。わたしは気が少し遠くなってゆきました。

気づいたとき、死にきれなかった自分、そして、ただ生きていることへの自分の「怒り」が・・・。

せめてもの慰みに、パパの仏壇の前で、朝夕、経をあげ合掌。

「パパ、ごめんなさいね」

パパっ子だったラッキーも側に座って。ふたりでお仏壇の前に座っていると、パパに許されたのか、自分に対するわたしの怒りも薄れていきます。

「ひょっとして、パパの温かな大きな胸に抱かれているのかも・・・・」

わたしのこころ配りの足りなかったことで、一家離散。ひとり、眠れぬ夜を睡眠薬に頼り、失ったものは地球よりも大きく、小さなお星さまを望遠鏡でのぞいて、

「パパは？　睦巳は？　裕は？　あっ、流れ星が流れた」

と、ベッドに横たえ、一晩まんじりともせず、夜が明けて、うとうと・・・・。

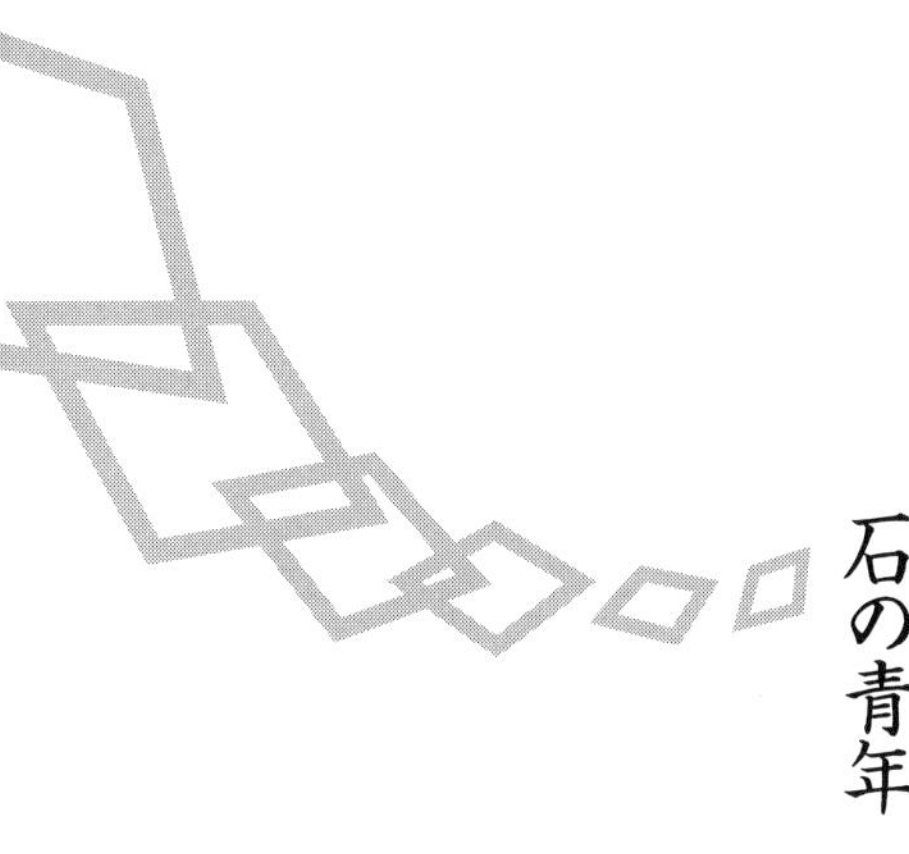

石の青年

石の青年

「明日、泣きなさい」で、確か、油を染み込ませた新聞紙が放り込まれた事件について書いたかと思います。そんな事件が続いた中に、こんなことがありました。

そのころは、脩さんもわたしも元気でした。脩さんは仕事に出かけ留守でした。

わたしは三階の窓を開け、これからお掃除をしようとしていました。外に人の気配がして目をやると、男の子が家の二階の窓をじっと見ています。両手に大きな石を握って。

　その姿を見てわたしは、あわてて階段を駆け下り、裸足のまま外へ飛び出しました。

「ちょっとあなた、なにをしようとしているの、この家に恨みでもあるの」

　男の子は黙っています。わたしの見幕に驚いていたことでしょう。

「そう、おばさんもこの家、息子に裏切られ借金だらけで憎らしいのよ。おばさんも石を逃げたいから、一緒に投げよう。窓ガラス、全部割っちゃおう」

　わたしは、その辺の石を拾い、エプロンのポケットに入れ、

「せぇの、で全部割ってしまおう。おばさんもすっきりするよ、君も投げるんだよ」

　言いながら、突っ立ったままの青年の顔をちらっと見ました。大粒

の涙が流れています。石を握りしめたまま涙を流して・・・・。

〝あぁ、この子は立ち直るかもしれない〟

「ねぇ、君、逃げる気、ないの？　おばさん、このこと誰にもしゃべらないよ」

するとˎ青年はˎ大中に頼まれたことを告げました。千円もらったと。

「じゃ、その千円札、焼いてしまおうか」

「はい」

彼は大きくうなづきましたから、わたしはその千円札を焼き、水をかけ、彼を家の中へ入れました。鍵をかけます。

こんなとき、誰かが彼を見張っていて、実行できないと、大変な目に合う、というのは、今までの事件の中で、わたしは知っていましたから、ラッキーの部屋から裏の窓を開け、靴を持ってきて逃がしてや

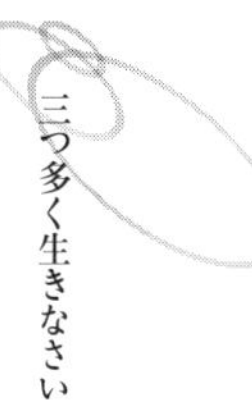

りました。外には塀があります。そこにいつも置いてあるハシゴで塀を乗り越えるのです。
「後を見ずに、まっすぐに一生懸命逃げるんだよ。絶対戻ったら駄目。ご両親泣くよ。親不孝だけはするんじゃないよ」
一万円をしっかりと握って、彼は走って行きました。わたしは、無事に逃げられますようにと、手を合わせていました。

信幸君

〝石の青年〟事件から、三か月ほど経ちました。彼は高校生ぐらいの青年でした。

その後わたしは、買い物などで出かける度に、彼はどうしているだろうと気になりました。この道から逃げたのかしら、どの道を通ったのかしらと、通りごとに目を走らせます、まるで母猫が子猫を捜しているかのように。

今日は水道工事とかで地面が掘られ、通りは少し歩きづらくなっています。菜っ葉服を着、ヘルメットを被り、首には手拭を巻いたおじさんたちが十人くらい、歩きにくい狭い道を歩く人たちに手を差し伸べ助けています。わたしも、

「ご苦労さま、暑いのに大変ですね」

と、おじさんたちに声を掛けながら通りました。少し大きな穴が開いているところには、板が架けられていました。みんな、ご婦人方は、手を引いてもらって渡っています。

わたしは、ご近所の奥さんと渡ります。二、三人も乗ると、板が軽く揺れます。すると、

「しっかり掴まって」

と、泥だらけの人が手を引いてくださいます。恐る恐る渡っていきますと、

「おばさん、おばさん」

声がかかります。近所の奥さんを呼んでいる声かと思って、彼女の顔を見たのですが、そうではないらしい。

〝えっ、わたし?〟

とは思ったものの、今、話すどころではない、危ない、危ない。

渡り切ったところで振りむくと、例の菜っ葉服の人たちが十人ほど。

するとマンホールの薄暗い中から顔を出した男性が、

「おばさん、僕です。この間はありがとうございました」

って。え――、名前も聞いていなかったし、声も忘れていたし。〝石の青年〟だったのです。

首に巻いていたタオルで顔を拭いながら、

「僕です」

わたしは、ああっと息をのみました。

〝よかった、よかった。向こうへ戻ったのではなかったのね〟

〝よかった、よかった〟

と、泥だらけの青年を抱き、泣きながら喜びました。どんなに、どんなにうれしかったでしょう。わたしまで泥だらけに・・・・、そして涙が止まりません。

監督さんのような人が近づいてきます。

「この信幸から、話はよく聞いています。耳にタコができるくらいに。それでも毎日、聞かされていますよ」

君は信幸さんというのね。よかった、本当によかった。

監督さんが口にくわえた笛が鳴り響きました。

「少し早いが昼飯だ」

その声で全員が休憩に入ります。

監督さんに導かれて、青年信幸君と近所の奥さん、四人で近くの喫茶店に入りました。

洗面所で顔を洗ってくると、また、

「おばさん」

と、信幸君は抱きついてきます。

「おばさん、ありがとう、本当にありがとう」

また、涙。四人のテーブルでしたが、監督さんも近所の奥さんも、なにも言わず目と目を合わすだけでした。ご馳走の味も、涙でわかりません。監督さんが、

「みんな、味、ショッパイのではないか」

と言って……、四人で大笑いしたのでした。

持ちつ持たれつ

その日の夕刻、脩さんを駅までお迎えに行ったとき、お昼の出来事を話しました。

「敬ちゃん、よかったね。でもね、歩くか、泣くか、しゃべるか、一つ

にしてくれないと、はっきり僕には聞こえないよ」

で、わたしたちは公園のベンチに腰を下ろしました。

どれほどの時間、ふたりで座っていたでしょう。二時間くらいは経ったかしら。脩さんも泣き出して、ふたり抱き合っていました。そして脩さんが言いました。

「裕も、大中の魔の手から、誰かに助けられているかもしれない」

「そうね」

「さ、腹も減った、敬ちゃんの好きな満人の店へ行って食べるか？」

わたしたちは肩を組み、手を組みながら、（もう暗くなっていますから、人目をはばかる必要はありません）天下一品中国料理店へ。

満人のウーロン茶とチェピンは安価だけれど、満人の出す味は、わたしたち日本人には出せなくて、だから、よく来るお店です。

家に帰り、また話の続きです。

「そんなにいい青年なら会社（コスモ石油）の税理士さんに話してみよう」

と脩さん。

あくる朝、脩さんはいつものように出かけます。夕刻、電話が入りました。

「税理士の山本さん、その青年に会いたいそうだ」

わたしは早速、信幸君に連絡。

「ぜひ、お願いします」

と彼。四日後に会うことになりました。

当日、彼は両親と三人でコスモ石油に出かけ、面接です。彼の名前は、山田、山田信幸君。

トントン拍子に話が進み、コスモ石油で、山本さんの元で税理士の勉強を始めることになりました。山本さんは彼をとても気に入りました。

「頭もよく、なにより真面目で実直なところに惚れたよ」

二年目、

「今から特訓するのでついてくるか」

と山本さん。

「はい」

生き生きとした目で返事をする信幸君。

コスモ石油で働きながら、夜も寝ずに勉強した信幸君は、二年で早

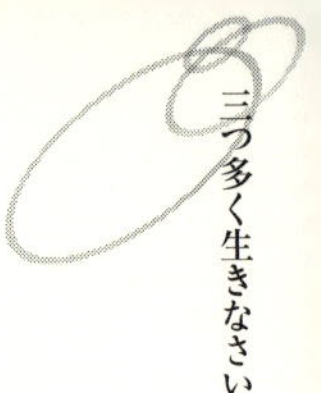

稲田大学に入学。四年間の学費を山本さんが出してくださったのです。

そのころ、山本さんはコスモ石油を退職され、四国高松で事務所を構えました。そして、信幸君の卒業とともに高松に彼を呼びました。

脩さんも大喜び。祝いにと、背広、靴、ベルト、ワイシャツ、靴下まで揃えてプレゼント。まるで息子にしてやるように……、とってもうれしそうな脩さんです。

「世の中は持ちつ持たれつだから、裕もどこかで、どなたかの暖かいところで癒されているかもしれないな」

自分に言い聞かせる脩さんでした。

そして涙が

そうそう、信幸君のご両親からは、三年もの間、お礼が届きました。

毎月、毎月、いろんなものが送られてきます。脩さんも、

「気持ちはありがたいが、もうこれ以上は」

と、何度もお断りしていました。でも、

「息子が一人前になれたのは、宮本さんと奥さんのおかげです。お宅に石を投げようとしたとき、止めて逃がしてくださらなかったら」

と何度もおっしゃって、ご両親からの送りものは三年も続いたのです。

わたしの中では、信幸君と裕が重なり、そして涙が出てくるのです。

いつの日か

いつの日か
父のこころが
母のこころが
我が子に伝わる
きっと

まるでオウム

もう大中とはかかわりたくない、そして、こうやって書くことを終えたいと、毎日、毎日願っています。

でも、弁護士さんから電話がかかったり、かけたり、口先三寸で人を騙す男からの嫌がらせ、火をつけられたり、怪我をさせられたり……、と、こんな日々では……、脩さんとふたりなら乗り越えられるかもしれないけれど……。

「脩さん、やっとの残してくださったこの家を守るのが精いっぱいなの。大中の、あの手、この手のやり口に耐えて、今日までできました。三年間、

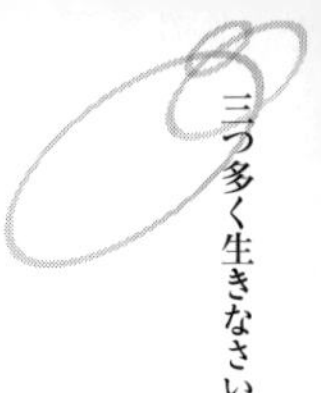

ノイローゼになり、うつ病になり、誰とも話をしたくなく、こうして原稿用紙にペンを走らせる僅かな生きがいを求めた日々……、脩さん……」

裕は、パパがどれだけ苦しい思いで死んだのか……分からないのですよね。

二十年もの間、あなたは完全に、大中の思いどおりに操られてしまった。あなたにとっては、完全完璧な尊敬すべき人物が大中、まるでオウム真理教。

オウムは、サリン事件が起きたから警察も動いたのだけれど、それまではどれだけの多くの人が、オウム信者の親兄弟の方たちが泣かされていたことでしょう。

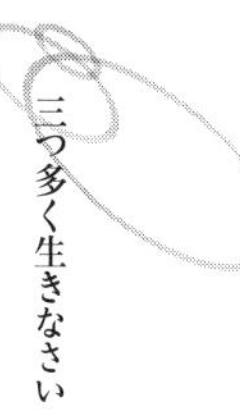

同じことが今、我が身に振りかかっています。

現在、裕の子として育てられている男の子の父親を、大中は気に入っていたようです。ただ、相手の男性には逃げられてしまった、ということです。男性が逃げたときには、とき子のお腹には三か月の子がいたのです。そこで、裕に白羽の矢が放たれた、おとなしくて、脅すとなんでもいうことをきく、いい子でしたからね。

とき子に言い含められ、とき子のテクニックに、うぶな裕はひっかかったと、調査会社の報告です。

世間を騙すことの平気な一族。

京都に居を構えていながら、わざわざ大阪に転居して……子どもを生む……、という策略に乗った馬鹿な裕。

血液検査でも裕の子どもではないことが証明され、わたしそのとき、

腰が抜けるほど、わかってはいたものの、やっぱり、と、がっくりしたものです。

もう——

今日は、こんなことを思い出しました。

わたしはミキプルーンの仕事をしていましたから、自転車でお客さまへ配達に行きます。

自転車で走り回っていましたから、

「敬ちゃんに単車を買ってやりたいけどなぁ」

と脩さん。

「わたしは自転車で十分よ」

「ごめん、ごめんよ。裕の大学の費用だけで、僕は精一杯なんだ。ごめんね、敬ちゃん」

「いいの、気にしないで」

確かに大変でした。重いミキプルーンを担いで、坂道を自転車で上ります。

そう、夏休みのバイトにと、裕にプルーンの配達を手伝ってもらったことがありました。

裕には単車を買ってやっていたのです。

そのとき裕は、

「この坂道、ママには大変だね」

と言ってくれました。

でももう、裕は、そのときの裕ではありません。もう‥‥。

選んだ道

「松山に来ないか」

「帰っておいで」

「敬子の家、こっちで捜してるよ」

そんな声が、脩さんの友人から、そしてわたしの友からも入ってきます。

この高槻の家を建てたころのことでした。

そのころ、裕の大学のこともあり、卒業後の三菱電機への就職も決まっていました。

子どもはもう成人したんだし、とも思い、松山に帰りたい思いで揺れるわたしたち、脩さんと敬子でした。

いろんなことを考えて、ふたりは涙をのんで、裕との暮らし、お嫁さんや孫たちとの暮らしに期待して、この高槻の地を永住の地としたのです。

今思えばそのころ、裕には魔の手が伸びていたのです。そんなこととは知らず、子どもたちのためにと、選んだ道でした。

ときには、〝松山に帰っていたら……〟という思いが頭をもたげます。松山に帰っていたら……、脩さんは死なずにすんだかもしれません。死なずに……わたしの横で笑っているかもしれない、今。

わたしたちの選んだ道が、わたしたちの人生を、こんなにも狂わせ

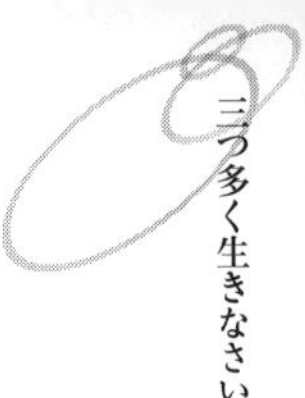

てしまっていたのですね。

脩さんの願い

脩さんは〝子どもたちのために〟の一心で働いていました。コスモ石油には革靴ではなくズック靴で通いました。入社時に買った革靴一足。定年まで革靴はその一足でした。

車も一切購入しませんでした。我が家では裕の買った車が、ほんのしばらく車庫を使っていただけなのです。脩さんは、車が欲しいとは、一言も言いませんでした。

六十歳まで電車の吊り革にぶらさがり本町まで、そして定年後は、京都大学に勤めながら、裕が身を落とした部落のアジトを探りました。愛しい息子を助けようと。

裕を助けたい、それだけが脩さんの〝やるべきこと〟になりました。無理を重ねて、裕に恨まれ・・・。裕にせがまれて退職金とわたしの内職、そして借金でできたこの三階建ての家。裕の望みどおりの家を建てたのに、裕は数か月暮らしただけで、この家を出ていきました。その家を今、大中が狙っているのです。裕を使って。

脩さんの頭のサイクルは狂ったまま、裕のことだけを思い残して亡くなったのです。

ゴロゴロスースー

悲しい思い出はつきません。毎日、何かを思い出してしまいます。

脩さんがタクシーに乗り、裕をさがしに京都へ行ったとき、もう脩さんの頭は子どもに帰り、裕だけを追っていましたから、無賃乗車だったのです。

警察に保護されていました。

「敬ちゃん、敬ちゃん」

と、一八〇センチの男がわたしの腕に。

裕に電話を入れましたが、

「忙しい」

の一言。警官が電話して、事細かに説明しても、

「行けない」

と裕。その後ろで、

「うるさいんだよ」

と大中の怒鳴る声が。

「脩さん、帰ろう」

小さくなった脩さんを抱いて、我が家に帰りました。

おかゆから重湯を取り、梅干しで、ふう、ふうしながらおいしそうに飲み込む脩さん。

「よかったね、パパ」

「パパ、どこにも行かないでね」

脩さんは安心したのか、わたしの膝枕で、かすかな寝息を立ててい

ます。ラッキーが飛んできて、パパの顔をなめて、そしてパパの布団の中にもぐり込みます。

「ゴロゴロ」

「スースー」

ふたりとも、安心したのか、パパとラッキーの〝はもり〟です。

わたしにとって、ハッピーなこころ安らぐひとときでした。永遠につづきますように、と、祈ったことでした。

わたしになにが

わたしには、なにもありません。

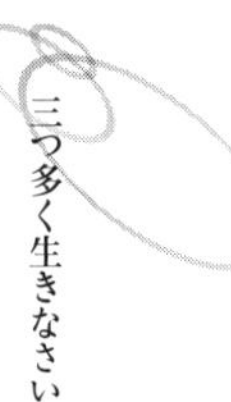

あるのは、脩さんと暮らしたこの家だけです。

弁護士はこう言います。

「裕君が死んでも、血の繋がりがない子でも、とき子の子どもが、〝遺留分を請求〟にくる」

どうしたらいいのでしょう。わたしにとってなんの関係もない子なのに。

遺留分、と言っても、わたしにはなにもありません、この家以外には。この小さな家を、大中が狙っているのは、前々から知っています。だから、裕を、〝宮本〟姓からはずすよう、弁護士に依頼していたのです。でも、彼はそれを無視しています。このままだとこの家は、狙っている大中の手中に入るというわけです。

裕、助けて・・・。思い余って裕に電話をかけました。でも反応はあ

りません。電話に出てくれず、かけてきてもくれません。

脩さん、早くあなたの側に行きたい。

でも脩さん、わたしがいなくなると、あなたとの思い出のこの家が、あの大中のものになってしまうのです。

脩さん、弁護士先生でも太刀打ちできないのに、わたしになにができるでしょう。

誕生日に思い出す（1）

本日、平成二十八年八月二十一日。

わたし、八十四歳になりました。

結婚当初に買った、この、木のベッド。もう、六十年もお世話になったのね。

ダブルベッドです。

オサム&ケイコ、シュウケイ（脩敬）のベッドです。

そうそう、病院を抜け出してふたり、最後の愛をはぐくみ、永遠の愛を誓いあいましたっけ。

睦巳が生まれ、裕が生まれ、喧嘩をしたり、仲直りしたり、親子四人、笑って泣いて……。

ああ、パパの最後は、悲しみの涙にまみれ、血にまみれた淋しいものでした……。

今は……、わたしがひとり、身を横たえています。

眠れにぬままに、頭の中にはいろんなことどもが駆け巡ります。

どうしても、何度も浮かぶのは息子、裕。

パパを精神的に追いつめた。パパは裕に握手を求めた。同じ血が流れている息子へ。

「困ったことがあったら思い出してくれ」

と。裕には伝わらなかったわね。

親を詰り、

「ありがためいわくだ」

と、大中の言うことを信じて。

でもきっといつか気づくときがくるでしょう。

わたしはこの八十四歳にして、何気なく諭してくれた両親の言葉を思い出します。そんなとき、歳はとっても、まだまだ未熟だなって思うのです。

来年か、五年先か、いえ、十年、二十年先か、裕もきっと、パパの言葉、愛情をそそいでくれたことなど、たくさんたくさん蘇えることでしょう。そのときには、こうすればいいんだ、とか、なるほどな、と思うことがあるでしょう。ひとりで大きくなったつもりでも、まだまだ父母の手の離れることのできない、よちよち歩きの子どもなんだと、頭を打つたび思い出すでしょう。

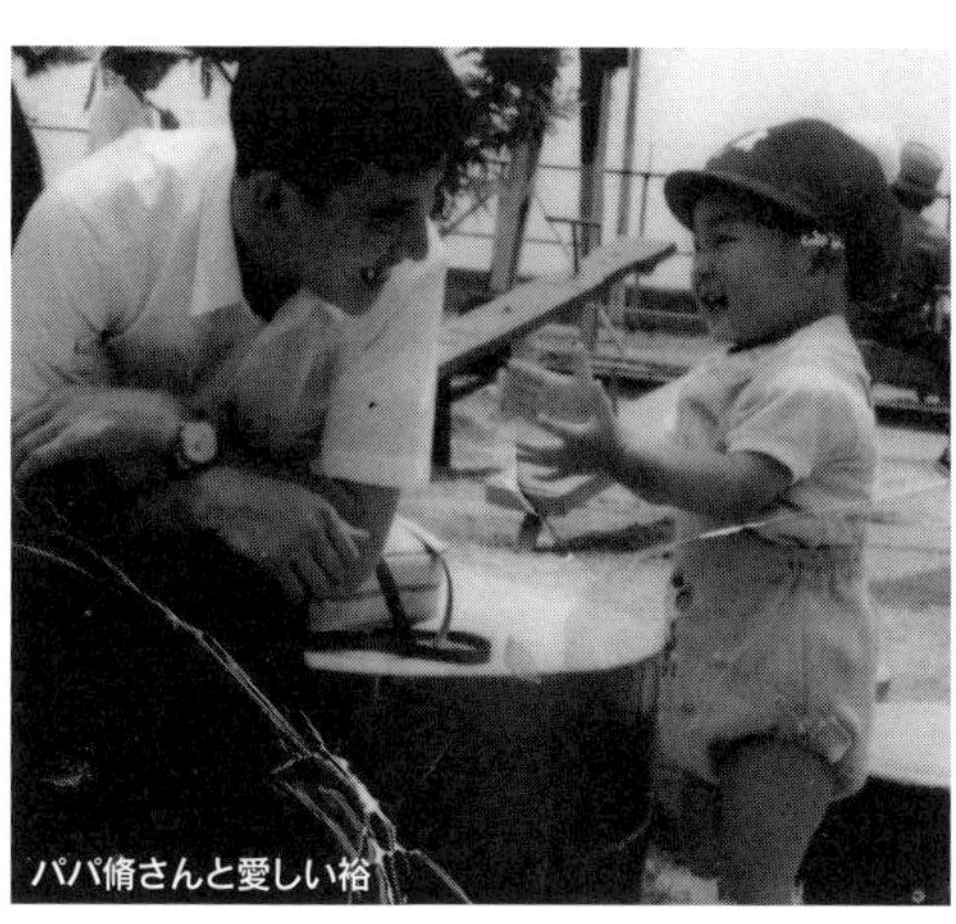
パパ脩さんと愛しい裕

わたしは八十四歳で病気の身、一人で生きることの不可能さを知りました。両親の言葉が今のわたしを助けてくれています。見守っていてくださるのです。そんな考えに行きつくと、生かされていることに、感謝せずにはおれないのです。

誕生日に思い出す(2)

わたしの誕生日に、わたしを含め同級生三人が、わたしの家に集まってバースデーパーティ。

〝クロコダイル〟の蛇の皮のお財布をいただきました。

「おめでとう」

って。そして、

「これで一億円貯めてね」

って。

「そうね、一億円貯めようかしら」

みんなで大笑いしました。


一億円で思い出したことがあります。脩さんとの思い出です。

わたし、こう言ったんです。

「裕が大中の息子だというなら、わたしたちが、裕が三十四歳になるまで育てたのよね。それなら、育て賃として大中に一億円請求しましょうよ」

「そんな馬鹿なことを言うんじゃないよ」

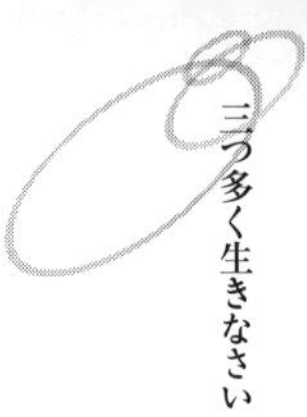

と脩さん。そのあとめずらしく、ふたりは喧嘩をしましたっけ。ふたりの胸には、裕へのいろんな思いがいっぱい、詰まっていましたからね。

……、喧嘩してもいい、脩さん、帰って来て……。

裕は、それから今年まで、二十数年、一度もこの家に泊まったことはありません。お見事！　と声をかけたいくらいです。

パパが病気になっても見舞いに来ない、パパが亡くなっても、です。裕の背中には火傷、切傷の痕。わたしは一度だけ見たことがあります。そのリンチの傷痕を。それでも裕は大中の息子でありつづけようとしています。……あり得ない、遠い国の、あるいは小説の中の作り話のような、わたしの思考を霧の彼方に追いやるような……、そんな事実の出来事、です。

わたしの夢が

絵の大好きな脩さんにわたしは言いました。

「もう子どもたちも大人になったのだから、今からでも京都美大を受験したらどう?」

「敬ちゃん、やっと裕を大学卒業させることができた。こんどはシアトルへでも留学させてやろうよ」

お金もないのに脩さんはそう言うのです。

「いいよ、パパがそうしてやりたいのなら。でも、パパも美大生になろ

うよ。ママ、応援するから」

脩さんは少し、はにかんでいるように見えました。

「お金のことは心配しないで」

脩さんはにっこり笑い、スケッチブック、色鉛筆、クレパス、油絵具、キャンバス、イーゼルまで、いろいろ出してきます。わたしはびっくり。

「どうしたの、こんなに」

「ハッハッハ、毎月の僕の小遣いを貯めて買っていたんだ。ママに内緒は、ちょっと心苦しかったけどね」

お酒も飲めない人だから、好きな画材を買っていたのでした。

このときわたしは、脩さんを必ず美大生にしてあげようと決めました。わたしの夢のひとつになりました。

脩さんの油絵

脩さんが美大を受験することになりました。

わたしは、ほっと胸をなでおろします。裕に振り回されているわたしたちでしたから、そしてパパは裕のことしか頭になくなっていたときでしたから。〝これでパパの頭の中から、裕、を取り除くことができる〟と。

受験票を取り寄せ提出。

筆記試験と同時に絵を描きます。課題は〝春〟。

合格の極め手となる最終段階での油彩一作品に挑戦。この作品は、以前ヨーロッパ旅行したときのスケッチから。大切にして温めていた

ものでした。

でも、裕のことで頭がいっぱいの脩さんは、毎日、泣きながら、苦しみの中で描きました。

しかしその結果は、見事合格。

「パパ、おめでとう」

脩さんは言います。

「敬ちゃん、お金がないのに……、僕の美大の入学金、それに油絵具にも随分とお金がかかっているだろう」

「大丈夫よ、お金のことは気にしないで、いい絵をどんどん描いてね」

「山之内一豊の妻だなぁ、ありがとう」

こんな会話、何度かありましたね。

実はわたしは、なにも厭(いと)いはしませんでした。無理をしているわけ

ではありません。〝へそくり〟から捻り出していました、なんて言うと偉そうだけど、嫁入りのとき（随分昔の話です）、両親から、金紗のお召や、金や銀などいただいていましたので、それをお金に換えたのです。愛する夫のた・め・に、ふふふ……。

嫁入りに持たされたもの、今まで大切に持っていてよかった、と思ったものです。

脩さんのあの油絵。わたしはこの絵を見るたびに、毎日泣いていた脩さんの苦しい思いが伝わってきて、つらいのです。

どなたか、絵ごころのある方にもらっていただきたいと思い、一階に降ろしてきました。

そんな方に出会えると、きっと脩さんも喜んでくれる、と思うのです。

脩の柱

裕に裏切られ、気持ちが錯乱してしまった脩さんが、頭を柱に打ち付け、頭を割ってしまい血みどろになったことがあります。

その柱をわたしは〝脩の柱〟と呼んでいます。今でも、その〝脩の柱〟の前に立つと、声にならない声で、

「ゆ、た、かぁ……」

そう叫んでいた脩さんの姿に出会ってしまうのです。

エレクトーンひとつ、帰らぬ主の帰りを待つ十二畳の部屋。所狭しとあった物たちが、いつの間に運び出されたのか、まったく気付かな

かったわたし。こころの中で、どんなに脩さんに詫びたことでしょう。詫びて、詫びても、あとの祭り。それから脩さんの頭は、どこかへ行ってしまいました。

わたしの脩さんが……。

覚えていますか

ねぇ、脩さん、こんなことを今日はなぜか思い出しましたよ。

脩さんの頭のサイクルに異変が起こりましたね。あんなに〝ゆたか、ゆたか〟と駆け回っていましたから、無理もないことです。今の敬子も、

ときどき変になった気がします。脩さんのように。

あのときは脩さん、

「ローソンに買い物に行く」

「じゃ、いっしょに行きましょう」

と、わたしも付いて行きましたね。でもわたしは足が悪いから車椅子です。

パパはひとり、とっとと走り出すのですもの、わたしは車椅子のスピードを上げて、転げ落ちてしまいました。脩さん、覚えていないでしょう。

ローソンで、いったい何を買うのかしらと思ったら、お酒を飲まない人なのに、一合カップ酒をわしづかみにして、ポケットに入れてしまいましたね。店員さんが、

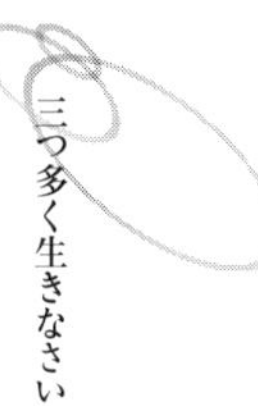

「宮本さん、お金を払ってください」

と言うと脩さん、ポケットに手を突っ込み、百円玉、十円玉、一円玉を無造作に掴んでカウンターの上にバラバラと。

「足りませんよ」

わたしは、

「パパ、お酒は飲めないんだからジュースにしましょう」

と。でも脩さんは一合カップ酒五個ぐらい、あちこちのポケットに入れて走っていきます。

わたしは、お金を払って後を追うのですが、なにしろ脩さんの足は速い。走りながらお酒の蓋を開け、お酒を道にこぼしながら走る。

家に着いたら脩さんは、なぁにも持っていません。

「パパのバカ」

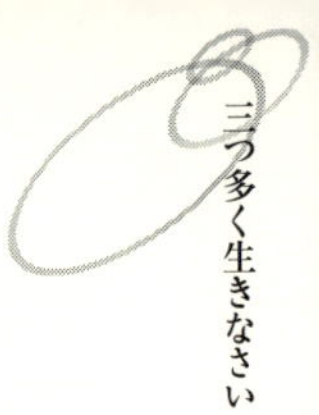

脩さんの顔色は青く、目は虚ろ。恐かったのよ、わたし。

ご近所の方たちは、

「ご主人、どうしたの」

と、変わった脩さんに興味半分で集まってこられる。わたしは脩さんの手をとり、急いで家の中に、そして錠をかけました。

脩さんは、

「ママ、外に出たいよ、ママ、敬ちゃん、外に出たいよ」

大きな声。駄々っ子のような脩さん。わたしは途方に暮れました。

どうして、どうして、またしても、またしても。

しばらくして脩さんは三階に上がりベッドへ。

眠りに入ったのか、

「ゆたか、ゆたか・・・・」

叫んでいましたね。

なにごともなかったかのような夕餉の仕度。

脩さんはテレビを見ながら、テーブルの上を拭いて、スケッチを始めます。

いつものわたしたちの、穏やかな時間に戻ります。

脩さん、覚えていますか。

診察室でふっと

もう、わたしのパーキンソン病も末期にきているようです。

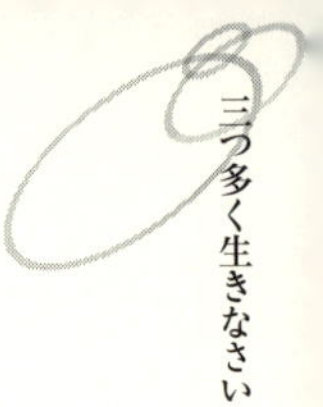

体調悪く、宇高先生の診察を受けました。

「かなりきつい薬のために起きる症状だが、薬を替えることはできません。辛いでしょうが耐えてください」

先生の目を見ながらわたしは、小さく頷いていました。


〝脩さん〟

こころの中で呼んでみます。脩さんのような人には、もう二度と出会えないでしょう。


〝脩さん、敬子は、少し疲れました〟

〝そうか、そろそろ僕の側へ来るかい〟

〝いいえ脩さん、脩さんも愛したわたしたちの息子、裕に、本当の人間の生きる道を、そして、本当の裕に戻してやるまで、まだまだそちらには行きませんよ。脩さんの意志を継いで、やれるところまでやりますからね〟

〝そうか、そうか。僕は敬子を、ちゃんと見守っているからね〟

〝ありがとう〟

「宮本さん、どうかされましたか」

「いえ、なんともありません。この薬を、引き続き飲みますね」

愛の結晶

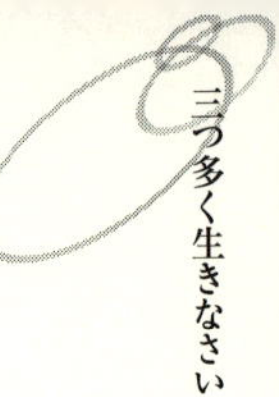

憎しみからは
なにも　生まれない

ごめんなさいね

脩さんを看てくださっていたヘルパーさんが、あるとき、脩さんをからかいました。

「男じゃないね」

と、脩さんのおちんちんを揉みくちゃにしていました。その様は、わたしの部屋から見えていました。わたしはヘルパーさんを叩きました。脩さんは膝をかかえて泣いています。

そのヘルパーさんの上司はケアマネの中村さんです。中村さんは、そのヘルパーさんを庇(かば)って、

「そんな教育はしていません」

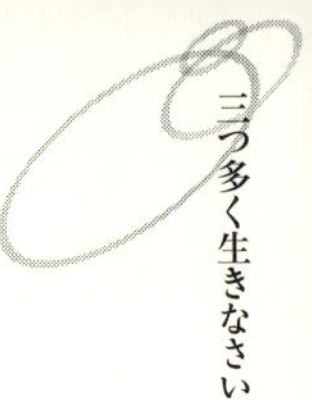

〝上に立つ方が下を庇うのはわかります。でも、相手を案じるのが先でしょ〟

わたしにはそんな思いがありました。

でも中村さんはあくる日、そのヘルパーさんを首にしていました。

中村さんには、脩さんが亡くなるまでお世話になりました。そしてわたしもお世話になっています。

福森さんにも、同じようなことがありました。

中村さん、そして福森さん、わたしの気まま放題な振る舞いに付き合ってくださって、ありがとうございます。

子どもに捨てられた年寄は、こんなものでしょう。目も見えなくなり、自暴自棄になっているのでしょう。

ごめんなさいね。

わたしたちの赤ちゃん

あなた、この二年間、あなたがわたしをこの世に置き去りにしたままに過ぎていきました。

わたしが、あんなにもあなたにすがり、必死になって止めたのに……、あなたは無情にもわたしの手を振り払って……行ってしまった……ね、あなた。

茨の道……、あなたと出会わなければよかったのかしら……。わたしの運命(さだめ)、この世の修業として与えられたのだと、あなた、このごろわたしは、そう思って精進しようと心掛けています……。

私たちの息子のように、あなたとわたしの子どもとして生まれたことが、

「ありがためいわくだ」

と、この世を拗(す)ねて生きるなんて、運命に逆らって生きるってことは、ときには他の人たちを傷つけ、ときには死に追いやることも……。

私たちは、その息子を授かったとき、

「神様からお預かりした大切な命を、愛しみ、育み、立派に育てて、そしていつか、神様にお返ししようね」

そう、ふたりで誓ったことでしたね。

あのときの赤ちゃん。

今、あのときに戻りたい。

ラッキーの愛

老い先短い老婆には、どうする術もありません。どれほどに裏切られても・・・・。

十か月、わたしのお腹の中で育み、この子が愛しいと大切に育てた我が子。

八十四歳になったわたしは、その大切な我が子をこうして、ただ待っているのです。望みもなく、ただ待っています。

そんな中、愛猫ラッキーは、わたしに無償の愛を注いでくれます。

わたしが我が子に注ぐように。ブルーの深い眼差しで。

「ふふ……、忠猫ラッキーね」

わたしはラッキーに声をかけます。

「脩さんもラッキーに感謝していますよ。敬ちゃんの面倒を見てくれてありがと、って」

わたしはラッキーを抱きしめ頬ずりします。ラッキーはそれに応えて、ペロペロ。わたしの幸せの瞬間。

ラッキーの銅像を建ててやりたい。〝忠猫ラッキー〟の。

わたしの枢に

今わたしは、脩さんのタキシードを縫っています。

わたしの死に装束にウェディンクドレスは仕上げてあります。ブーケも。

でもそれだけでは淋しいでしょ。わたしの柩の中に、わたしの横にタキシードを置いてもらいたいのです。そしたらきっと、二人で天国へ行けるでしょ。白いハットもつくるつもりです。

それに、三味線と尺八も。ちょっと欲張りかな。でも、ふたりでお茶を点てて、三味線と尺八で合奏して……、ふたりだけの世界、たのしいでしょうね。

そんなこと夢見ていると、もう朝の四時。新聞配達のお兄さんの足音。

今日は楽しかった。
大中のことなど、終わりにしたい。

〝明日がやってくる〟

わたしの母は百歳まで生きました。
その母の言葉が、〝明日が来たら泣きなさい、今日一日は涙をこらえなさい〟。
そしたら明日はきっといいことがありますよ。
わたし、八十四歳にして、母は偉大だったと思うようになりました。
八十四歳にして、目が覚めました。

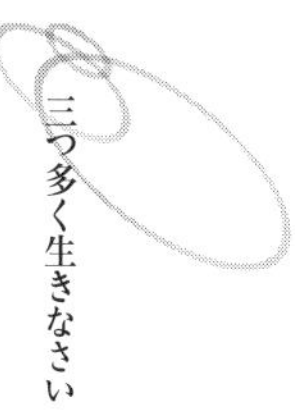

二年前に主人、脩さんは亡くなりましたが、〝脩さんは、明日という日を迎えたんだわ〟と思うようになりました。

亡き主人と共に生きた愛猫ラッキー。

主なきあともわたしに仕えて百十五歳、ふふふ、人に換算したら、です。この二十二年、ともに明日に向かって、一生やってこない明日に向かって支え合って生きてきました。これからも、そう、そうして日々を生きていくことでしょう。

今日が過ぎれば明日がくる？

明日は今日になることを拒んで永遠に来ない。わたしたちは明日という日を求め、追いかけ旅を続け、一生続く果てしない旅を……。

それは、たとえ百歳まで生きたとしても同じ繰り返し、繰り返しながら死を迎える。そのとき、やっと〝明日〟を迎える。そのとき、この世での出来事は一瞬にして消えてしまうのでしょう。そのときこそが、その人だけの〝今日〟であり、〝明日〟なのでしょう。〝明日〟がやってきた、ということなのでしょう。人生の旅の終わりに……。

泣きたいのです

お母さん、お母さんの言葉、「明日泣きなさい」は、とても辛いのです。だって、それではわたし、一生泣けないのです。

お母さん、わたしは今、泣きたいのです。思いっ切り泣きたいのです。

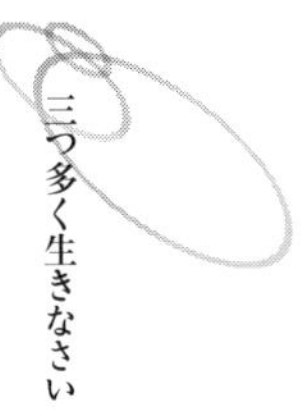

そして、こころのしこりを涙とともに流し、捨て去りたいのです。
そうしてきれいなこころ、さわやかな少女のような気持ちになって、脩さんの側に行きたいのです。
そのときはあなた、脩さん、絶対にわたしの手を離さないと誓ってくださいね。

泣いてしまいました

わたし、せめて人生の後期、ふたりの息子たちと暮らしたい。そして最期を迎えたい。口に出したことはないけれど、こころの中ではいつも思い、願っています。ふたりの息子が帰ってくる。どんなにうれ

しいことでしょう。

振り返ると二十数年、わたしの息子ではありませんでした。もう息子たちは、五十一歳と五十五歳。もう一人前の男たち。わたしはどのようにこの息子たちに対応すればよいのか、時折途方に暮れてしまいます。そして思わず脩さんに、

「帰ってきて」

と叫んでしまいます。

「脩さん、早く帰ってきて」

と。大きな声で叫んでしまったようです。眠っていたはずのラッキーが側にやってきて、

「ニャー、ニャー」

と、わたしの頬をなめるのです。

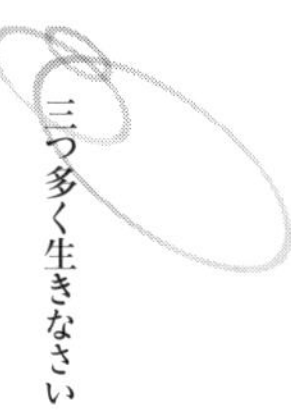

「ラッキー、びっくりしたの、ごめんなさいね」

ラッキーを抱きました。涙が出てきました。

「ラッキー」

ラッキーをギュッと抱きしめて、わたしはとうとう、おいおいと泣いてしまいました。

「ラッキー」

脩さんへのラブレター

脩さん、いつも見守ってくれていて、ありがとう。側に居るなあって肌で感じています。本当にありがとう。これからも、ずうっと、ずっ

と頼りにしていますからね。あなたのような純粋な気持ちの人には、二度と出会うことはないでしょう。

敬子は、ピンクのきれいなウェディングドレスを縫っています。前には白のドレスを作ったこと伝えましたね。覚えているかしら。今度は脩さんの好きなピンクですよ。

脩さんに抱かれて、ピンクのウェディングドレス姿のわたしは天国に。その日まで、わくわくして待っていてください。

あなたの大切な裕のことで、今、弁護士さんががんばってくださっています。大中をやっつけなければね。

裕を、あなたとわたしの息子として戻れるようにしてあげなければかわいそうですもの。あの子、もう五十一歳にもなったのですよ。脩

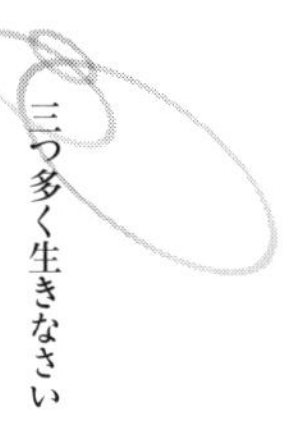

さんが裕のことで苦しみだした年齢に近づいてきましたね。

きっと裕も窮地に立たされていることでしょう――。

敬ちゃん、もうひと踏ん張り、がんばるから安心してね。なんとか、脩さんと敬子の愛の結晶が裕だという証を、裕の人生に写してみたい。今は抜け殻のようになっているけれど、人生、やり直しに遅いということはありません。一日も早くそのことに裕が気付いてくれるといいですね。

それまで、敬ちゃんの健康を祈ってください。

脩さんとの二度目の結婚式をたのしみにしていてね。……そして、助けてね。
Ｉ　ＬＯＶＥ　ＹＯＵ

P.S. 脩さんの白のタキシードも縫っていますよ。
タンタカターン、タンタカタン……、いいなあ。

おばあちゃん　幸せ♡

子なし　孫なし　亭主なし
三無い　でも　しあわせ
愛猫ラッキーの　微かな寝息
空が　うっすらと　明けて
雀の鳴き声

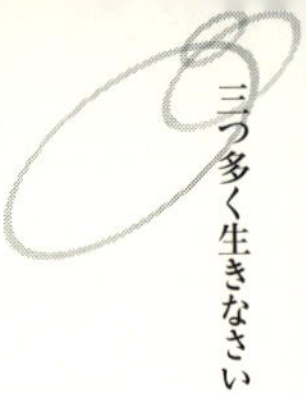

チュンチュンチュン

午前五時、夏の朝は明るく輝いています。

雀が窓を叩きます。

〝トウ　トウ　トウ　トウ〟

朝だよ、と雨戸を叩きます。

窓を開けると、雀が三羽飛び込んできました。

「おはよう」

声をかけると、わたしの頭や、肩に乗って小さな声で応えます。

「チュンチュン」

「なあに」

「チュンチュンチュン」

「あなたはチュンコなの、このあいだ助けたチュンコなの」

でも、三羽揃って、

「チュンチュンチュン」

これでは、わたしにはなにもわかりません。すると、脩さんの声が聞こえます。

〝それはね、子雀を助けてもらったお礼に、子雀と両親揃ってお礼に来たのだよ〟

「まぁ、そうだったの、ありがとう」

「チュンチュンチュン」

しばらく遊んでいた雀たちは、またわたしの肩に乗り、

「チャンチュン」

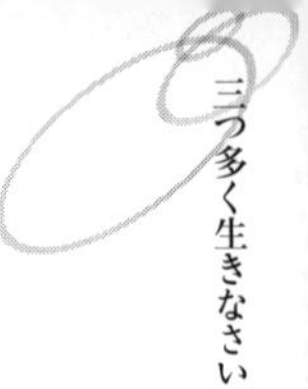

言ったかと思うと、窓から元気に飛んでいきました。
少し、淋しくなりました。

三十五歳のヘルパーさん（1）

十一月十七日、ボージョレヌーボーの解禁日。脩さんにと二本、頼みました。甘口と辛口と。

わたしは飲みません。ときが経てば、捨てるしかありません。

お節料理、今年も三段重ねをつくります。伊勢エビ三尾、頼みました。

ひとりといっぴきのお正月。三回目を迎えます。

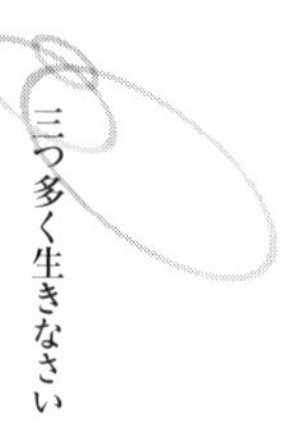

「ラッキー、何が食べたいの」
「ニャー」
ブルーの瞳はじっとわたしを見つめます。
どうしてこんなに淋しいの。こころの中で叫んでいます。どうして、こんなに淋しいの。

あるヘルパーさんが言いました。

「宮本さん、お昼一緒に行こう。お好み焼きを食べに行こう。僕、ご馳走するよ」

「おばあさんでもいいの」

「家にばかりいないで、今日はヘルパーとしてではなく、息子としてご

馳走するよ」

信じられないほどうれしかった。そのお店は、大阪からでも車でわざわざやってくるという〝お好み焼き・おわらい〟という人気のお店です。いつもお客さんが並んでいます。長蛇の列です。

三十五歳、男性のヘルパーさんに誘われて、わたしはうきうきしています。

――わたし、お金払うよ、誘ってくれただけで幸せなんだから。

でも彼は、どうしてもお金を受け取ってくれません。車椅子を押しながら、何と話題の豊富な人でしょう。

今晩のおかずにと、ビフテキとサラダ。ビフテキを焼いてもらいます、ああ、いい香り。

「夜、ひとりで淋しいだろうけど、これ、持って帰って食べて」

と、お持たせしてくれました。

——実の息子には一度もしてもらえなかった——と思った途端、うれしくてうれしくて涙が出てしまいました。

「僕、何か悪いこと言いましたか」

「いいえ」

と答えてまた涙……。言葉になりません。

——ありがとうね、ありがとうね……。

三十五歳のヘルパーさん（2）

ヘルパーさんにおいしいお好み焼き屋さんへ連れてっていただいた

夜、わたしはそのやさしさに号泣してしまいました。ひとりですから誰にも遠慮することなく、です。ラッキーがびっくりして目を丸くしています。そして、わたしの肩に手をかけるのです。そしてそれからその手をわたしの頬に、わたしはそれでまた涙、です。

ヘルパーさんの青年もラッキーも、ありがとね。

その青年は、以前にも、ビッグボーイとかの若者の食事のお店へも連れていってくれています。

ヘルパーって、お給料も少ないのに……着ているものも安価なもの……なのに、なんてこころやさしいのでしょう。その〝こころのゆとり〟から、青年の家庭が見えたようで、貧しくても情のある、こころの温かい家族なんですね。

「僕、宮本さんちの三階に住んであげたいけど、両親がいるのでごめん

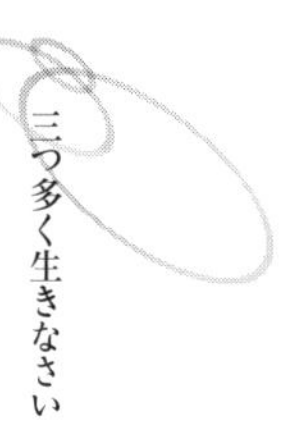

ね。一週間に一度は、必ず元気な顔を見ながら仕事をするからね」

と。そして、

「老人ホームにだけは、行かない方がいいよ」

とも。

その青年は以前、老人ホームに勤めていたので、その裏をよく知っているようです。

そう言えばわたし、今、ケアマネさんから、

「老人ホームに入るといいですよ」

とすすめられています。なぜわたしが？　と不信に思っていたところでした。

青年ヘルパーさんは、

「宮本さん、老人ホームには入居したら駄目だよ。今よりずっと、嫌

な思いをするからね。嫌な面を見るからね」

静かに思えるのです

三十五歳の若いヘルパーさんには、うれしさに何度か泣かされています。そしてそんなとき、裕と青年を対極に置いて比べてしまうのです。ついつい……。

裕は五十一歳、青年と同じ、ヘルパーが仕事です。同じ仕事をしているのに、と、どうしてわからないの、と情けなくなるのです。

そして部落の掟の厳しさを、あらためて恐ろしく思うのです。そんなこんなを胸の内でめぐらせているうちに、いろんな出来事が遡って思い出されます。

不幸中の幸い、ということでしょうか。浮気女のとき子の子ども、他の男の子どもを、裕は素直に受け入れて育てています。でも今思うには、裕の実子でなくてよかった、と、安堵すらしています。

そう、静かに思えるのです。

今は亡き脩さんの部屋で寝起きしています。ラッキーと毎日楽しく暮らしています。

いつか裕も、きっと目が覚めるときがくるでしょう。

写経をしながら一日中、脩さんとおしゃべり。

なんとうれしいことでしょう。

なんとありがたいことでしょう。

こんなにやわらかで落ち着いた気持ちでいられるなんて。

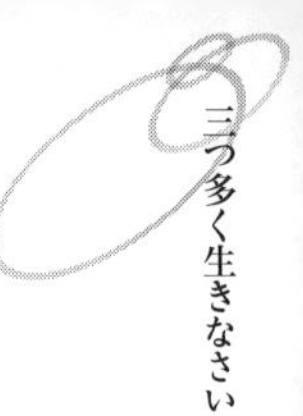

わたしとラッキー、ふたりとも老婆です……ふふふ……、そして脩さんと三人で、仲良く笑えるようになりました。

夫婦位牌なんです

わたしひとりでパパの三回忌をすませました。長野の善光寺さんにも行ってきました。

お位牌も、夫婦位牌なんです、パパとわたし。ママのは赤い文字でつくっていただきました。

ああ、脩さんほどいい男性は、いません。

こんなにすばらしい男性は、いません。

そりゃあ、ルックスもいいんです。でもそれより、性格がすばらしいんです。どんなふうに？　ですって？　そうですね、いっぱいあるけど第一は、パパは、自分のことは二の次で家族のことを考えてくれる、それも、先回りして、家族を喜ばせ、安心させてくれるんです。だから、パパが側にいるだけで、なにも考えなくてもいいんです。お酒もタバコも飲まない人。時間があれば、旅行、そして油絵を描いている人。

ああ、脩さんほどすばらしい男性は、いません。

脩さん

脩さんとお茶を

脩さん、美術大学のころの油絵を売って、裕を逃がしてやろうとしていましたね。毎日、毎日が苦しみの中にいた脩さん、いつも瞳が潤んでいました。海外旅行中のスケッチしている脩さんの姿、わたし、好きでした。そのときも脩さんの瞳は潤んでいましたよ。

あなたの絵は、苦しみの中から生まれたのかしら。画商さんはこう言ってました。

「この画家の苦しみが、太陽が当たっている明るいはずの絵にも、泣いている悲しい空気が漂っている。それが、なにか魅力をかもしだし、離れ難い気持ちにさせています」

そう評価いただいた画商さんに、あなたはその絵を売りました。でも裕には、あなたの〝裕を助けたい〟気持ちは通じませんでしたね。

……胸が痛い。

ねぇ脩さん、お茶を点てましょう。

「脩さん、敬ちゃんは久しぶりに着物を着てみましたよ、見えていますか」

「脩さん、敬ちゃんきれいでしょ」

わたしは着物をきちんと着ました。座布団に座ります。もちろん脩さんのも用意して。

「ふたりきりね」

お茶を点てながら脩さんに話しかけます。静かで穏やかな、ふたり

だけの時間、夜がゆっくりと更けてゆきます。

「脩さん、遺作になったこの作品、裕のために売ってもいいかしら」

彼の遺作の一枚に目線をやりながら、わたしは尋ねました。なんにも応えは返ってきません。でも脩さんの細い目が微笑んで見えます。

「だったらオッケーね」

またその目が微笑んでくれました。

「パパの大切な息子だものね」

こんなタイトルの絵もあります。

〝苦労ばかりかけた我妻〟

〝山之内一豊の妻〟

ふふふ……、わたしのことです。

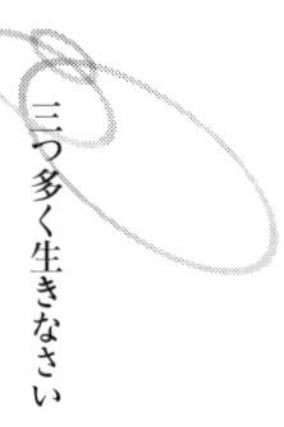

「あれも売ってもいいの」

するど、脩さんの細い目から涙が一筋、流れます。

「ごめんなさい、売らないよ。どんなに困っても、この家と、あの作品は、あなたのもとへ持って行きますからね、安心して」

そしてわたしは、もう一服お茶を点てます。

ふたりでお茶をたのしむ、夜のことです。

少女になるの

カレンダーを見ます。十三日のところに、〝在満当時の友人、戦時中の先輩、後輩と〟と書き込まれてあります。

「え？　えーと、そうだ、在満時代の友人三人とのデートだ」

ここのところ、なんだか闇の中に漂っていたようで、今日の日付もわからない。

「あぁ、よかった、今日は火曜日」

十三日まで三日ある、と胸をなでおろしました。

明日は美容院に行こう。

三人の中ではわたしが一番若いのです。八十四歳、八十五歳、八十六歳。みんな車椅子や杖を使っています。

高槻でおいしい昼食できるところを頼まれてもいました。

満洲での思い出話に沸き立つむことでしょう。いつものように。

このごろのわたし、在満時代の友人たちとの時間、一番好きです。

だって、少女になれるんですもの。

それだけで幸せ

松田会、しょうでん会。

松尾芭蕉の〝松〟と、田辺高校の〝田〟。松尾芭蕉が大好きな人たちの集まりです。

なつかしい人たち、みんな若い。大阪道頓堀のある料亭。八十人集合、なんと五時間の集いです。

脩さんとふたりで参加です。でもわたしは幹事で忙しい、大広間を走り回っています。

でも、ご安心ください。ちゃんとダンスもしています。タンゴ、ワルツ……、お相手はもちろん脩さん。

おいしいものばかりいただいて、いっぱいおしゃべりをして、もう喉がカラカラ。

わたしは水を飲みにエレベーターで下へ……、あれ、わたしはベッドの中、夢を見ていたのです。

なつかしい人たち、やさしく抱いてくれたダーリン。

夢よもう一度、と目をつぶりましたが、再現ならず、脩さんと会えませんでした。

松田会ではいつも、会のお開きの前に一句ひねります。夢の中の私は、なにを一句つくったのでしょう。

ほんとにたのしい夢でした。
脩さんを身近に感じて……、夢のようなひとときでした。ふふ、夢でしたねえ。
松田会は今は、後輩たちが続けてくれています。
そうね、睦巳も裕もわたしの息子。脩さんと敬子の血が受け継がれているのです。
それだけで十分。
そうね、それだけで。

うきうき

毎夜、毎夜、パーキンソン病の症状、引付けや舌を噛んだり。痛くて目が覚めると、枕に血痕。

脩さんに抱かれたわたしの背には羽が。わたしはエンゼルになって、空高く舞い上がってゆきます。わたしたちふたりを遮るものはなにもありません。・・・子どももいません。ただ幸せだけのふたりです。

でも、あっ、急降下のふたりです。

わたし、ベッドから落ちてしまいました。

目が覚めてしまったわたしは、テレビをつけてみます。御前三時、〝孫悟空〟。筋斗雲(きんとうん)に乗って空を翔けてゆきます。

思わずわたし、脩さんの写真に目をやりました。脩さん、笑っていました。

八月五日、不思議に食欲が出てきました。朝から、味噌汁、玉子焼き、ご飯……。

それに、いいことは続きます。エレクトーンがやってきました。立派です。

さぁ、エレクトーンカバーの編み物にとりかかります。

どうしてこんなにうきうきしているのかってお思いでしょう。それはとても簡単！

「やっぱり脩さんが生きがいだ」

って、声に出して言ってみたからなのでした。ね。

おわりにかえて

ありがとうございます

〝積木くずし〟の穂積隆信様から、

「がんばれ」

とエールをいただきました。

「迷える子どもたちが、母なる温かい港に帰ってきたときに、諸手をあげて抱きしめるために、こころ元気に、命の炎が消えるまで」

と。

そんなときが一日も早く訪れますように。

親子四人、貧しかったけど、そこそこ幸せいっぱい肩寄せあって生きてきました。

次男三十四歳のとき、部落の大中についていってしまいました。

そんなとき、穂積様の〝積木くずし〟に出会い……二十年、夫、脩とともに、部落から我が子を取り戻そうと、血反吐(ちへど)を吐きながらがんばりました。夫は半狂乱になり、志半ばでこの世を去りました。

「ゆたか、ゆたか、ゆたか」

と連呼しながら……、病院の冷たいコンクリートの壁に、その細い声は反響しました。

それから、ひとりになったわたし、です。

穂積様のエールは、わたしを生きかえらせてくださいます。

感謝、です。

やっと

やっとわたしのこころに
大中　裕との訣別を
結論づけさせることができました

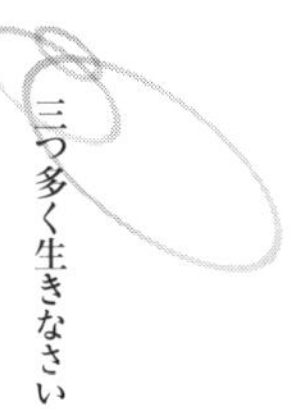

十月十日（とつきとうか）、お腹をさすりながら、血を流し、痛い思いをして、ゴールデンボール、裕が生まれました。

わたしのこころはなにかというと、裕の生まれたころに遡ります。

そしてそれからヨチヨチと歩き始めた裕、小学校へ元気よく手を振って、ときに振り向いてわたしに手を振っていましたっけ。

――切りのないわたしのこころ。

大中に、こころの離縁状を叩きつけるのは、そう簡単ではありませんでした。

わたしと子どもたちと

でも裕との別離は、こころの別離は、大中とのそれとは比較にはなりません。苦しい、それ以外の表現はできません。こころの別離ができなければ、この問題解決はないと思うようになってから、十年も二十年もかかった思いです。わたしのこころは、何度も何度も行きつ戻りつ、やはり裕を胸に抱きたいと涙を流してしまうからです。

涙を流すわたしのこころに、もうひとりのわたしが、〝それではいつまでも、あなたは苦しみの中から、憎しみ、辛さの中から出ることができないのよ〟と言い聞かせます。

そんなことの繰り返し、そんな繰り返しが続いて、続いて、そしてわたしは、出口を見つけたのです。

わたしのこころはやっと、脩さんとふたりです。ふたりの生活に入

ります。わたしのこころは自由を取り戻し、落ちつきを取れ戻してい
ます。

あらためて、わたしは脩さんに、恋をしています。二度目の、ラヴです。
脩さんは、人望の厚い人、だったようです。
三回忌もすみ、三年目に入ったというのに、同輩、後輩の方々から、
お中元やお歳暮が届けられます。
敬子さんにと、北海道から空輸でカニが、各地方からはくだものが、
脩さんにと、金一封が。〝好きだったものをご仏前に〟と。

この、こころの別離の苦しさで、わたしの髪はまっ白に、そして
五十五キロの体重が、四十一キロ弱になりました。
でもわたしは、落ちついたこころで、前進の第一歩を踏み出します。

ラッキーに負けてはいられません。だってラッキーは、階段を二段飛びするのですもの。

それに、わたしの母。母は百二歳まで生きました。その最後に、わたしを枕元に呼んで、

「けいこ、わたしは百二歳まで生きました。けいこはわたしより、三つ多く生きなくては親不孝ですよ」

だからわたしは、百五歳まで生きなくてはなりません。このからだで……と、少し重荷ではあるのですが、できるだけからだに気を付けて、一年でも長く生きましょう。親孝行をいたしましょう。

ナンダサカ

コンナサカ

HAPPY END

結論、です。

「おわりにかえて」追伸

わたし八十四歳を筆頭に、小さな、小さな〝老人ホーム〟ができました。

毎日、ひとり淋しく朝がきて、夜になり、そして朝がくる繰り返しのわたしに、天からの大きなプレゼントです。

わたしの家に、みなさんが集まってくださるのです。おたがいに〝チャン〟付で呼びあう仲間ができました。

「ちょっとした老人ホームね」

と言って笑いあっています。二月三日の節分には豆まき、そしてお寿司をつくって、それにイワシ、お酒はカニの甲羅で・・・と賑やかなこと。

愛猫ラッキーもメンバーの一員。百十五歳ですものね。

この幸せ老人ホームに、ぜひあなたも、いらっしゃいませんか。

三つ多く生きなさい

発行日
2017年4月1日

著　者
小池ともみ

発行者
あんがいおまる

発行所
JDC出版
〒552-0001　大阪市港区波除 6-5-18
TEL.06-6581-2811　FAX.06-6581-2670
E-mail : book@sekitansouko.com
郵便振替　00940-8-28280

印刷製本
モリモト印刷（株）